名家名篇

U1002210

中国门球风云录

刘会军　著

江苏凤凰美术出版社
全国百佳图书出版单位

图书在版编目（CIP）数据

中国门球风云录 / 刘会军著 . -- 南京 : 江苏凤凰美术出版社，2018.10
（名家名篇）
ISBN 978-7-5580-4387-1

Ⅰ . ①中… Ⅱ . ①刘… Ⅲ . ①随笔—作品集—中国—当代 Ⅳ . ① I267.1

中国版本图书馆 CIP 数据核字（2018）第 214732 号

责任编辑　曹昌虹
封面设计　宁春江
责任监印　唐　虎

书　　名	中国门球风云录
著　　者	刘会军
出版发行	江苏凤凰美术出版社（南京市中央路 165 号　邮编：210009） 北京凤凰千高原文化传播有限公司
出版社网址	http://www.jsmscbs.com.cn
印　　刷	三河市同力彩印有限公司
开　　本	710mm × 1000mm　1/16
印　　张	14
版　　次	2019 年 3 月第 1 版　2019 年 3 月第 1 次印刷
标准书号	ISBN 978-7-5580-4387-1
定　　价	45.00 元

营销部电话　010-64215835-801

序 言

门球是世界体育运动项目的一种，在中国开展已有三十余年历史。

地球和门球都是圆的。

地球是以白天和黑夜划分，门球是以红色和白色区分。

地球是运动的物质，有着自己的运动规律。

门球是运动的项目，其运动规律正在被越来越多的人所认识。

门球适合于老年人，中国的门球运动是伴随着国家离退休政策的实施而开展起来的。

门球适合于各个年龄段的人群，尤其是适合在青少年中开展。

一不小心，沾上了门球，便离不开它，陪我走过了30个春秋。

原河北省体育文化公司的张云光先生是将门球引进中国、引进河北的第一人。

在他的影响下，日本友人佐佐木秀利、安木森五郎早在1985年就多次到河北石家庄讲学推介门球。

原北京知青、现哈尔滨长寿公司董事长马金凤曾于八十年代初期在石家庄举办门球培训班，后投资建厂。

1986年，河北派出球队代表中国应邀参加了在日本举办的第一届世界门球锦标赛。

同年，在河北石家庄举办了全国第一届门球赛。

我本人1982年从部队转业到河北涿州，这座临近北京的城市里有多家中央直属企事业单位。受北京影响，这里较早开展了门球项目。

涿州从1986年开始，一年一届，到2017年为止已举办了32届次全市门球赛事。

从门球场边的看客到挽起裤腿下水；从浅水中溜达到深水甚至大洋里游泳。门球，成了我的最爱。

作为涿州门协主席，我和门球结缘，门球成了我生活的重要部分。

门球界很少有人知道我的真名，而“门球狂人”这个网名却被很多很多的人熟知。

打。30年的打门球经历，老资格了，如此资历目前在全国也不多见。

教。从不会到会，到指挥球队参加全国大赛，早些年拿到的一级教练证书证明我这个教练做得还不错。

裁。从涿州的三级、保定的二级、河北省的一级到国家级，这四本裁判员证书证明我是个合格的裁判。

组。我组织过的大大小小的门球赛事难以计数了。

伴随着互联网在门球领域的开展，我从学会上网到担任中国门球网总版主已经过去了七年。

开创了门球的视频解说先例，成为中国门球界能用摄像机拍摄、解说、上传的第一批人当中的一员。

开创了手机语音播报门球赛事的新方式，通过语音室、QQ群、微信群等新媒体渠道传播门球资讯。

在《门球之苑》《门球周刊报》《门球世界》三家门球主流媒体都工作过，有这样经历的人在中国门球界不超过三个。

因为门球，我的足迹几乎遍及国内所有的省、市、自治区、特区（仅差青海、西藏）。

到祖国宝岛台湾办赛时，还曾环岛一周。

此外，我还到俄罗斯远东第三大城市布拉戈维申斯克、韩国光州、泰国曼谷办过赛。

因为门球：

写下了大量的笔记、文稿以及资料。

其中，《狂人日记》写了八年，约一百五十余万字。

管理中国门球网的七年间，平均上网时间每天超过了八小时。

电脑更换了三台，手机用坏了几部。

尽管自己觉得还年轻，还有着年轻人一样的精气神。

但，毕竟已进入老年。

时间像白驹过隙，额头上烙下的是岁月的痕迹。

但我无怨，曾经的苦涩和困难是走向成功的调味品；

但我无悔，只为那门球之花开遍祖国各地。

一些昔日的门球娃娃茁壮成长，门球新生代正在给门球带来全新的诠释。

那些半大小子对我的称谓让我欣喜而忧伤：刘爷爷或狂爷爷。

窃以为，识时务者为俊杰。

打球只能是爱好了，教练也只能是偶尔为之，裁判基本上跑不动了。

组织赛事和活动还会坚持，一些创新的赛事还会继续参与。

球杆换成笔杆，这是一次转变。
这个转变实际上早就发生了，只是不那么明显而已。

2017 年，我做了一个决定，确定了一个目标。
不是某人说的：给自己定一个小目标，先挣一个亿。
我的目标是：2017 年，出一本书。

因为忙，书稿一直没顾得上整理。
2017“十一”长假，把自己锁在房间里，真的当“坐家”了。
全书分四个部分，选录数十篇文章，15 万余字。

掩卷，摘下眼镜，望长空中云卷云舒。
有志者事竟成。
讴歌门球，反映门球的文化和理念，
是一件值得做的事情。
我起步了。

人生天地间，各自有禀赋。我和自己约定：
2017 年开始，每年一本。
和门球人共唱一曲关于门球的理想之歌。

如上狂人狂言，是为序！

门球狂人（刘会军）

2017 年 10 月 2 日于涿州康泰园

目 录

第一章

众人眼中识狂人

门球狂人传

★ 刘卫华

刘会军，河北涿州人也，国家级门球裁判，国家一级教练员，现任涿州市门协执行主席。其人球技甚好，网技不佳，好酒，尝曰：一瓶不脸红，两瓶脚不晃，三瓶烧酒洗洗胃，球技发挥才正常。人送称号“门球狂人”。

狂人喜门球，于华奥论坛潜水数年，终日水底习作，不曾冒泡。近因酒后放言，惹出事端，方浮于水面，激扬文字，指点门坛。

是日，与保定球友会战。战毕，宴请球友，酒酣耳热之际，公然叫板举国五百万门球人：凡来涿郡参赛，单打连赢三场者，安排三日食宿游乐。网友“逆向锤头”将之发于论坛之上，几日之内，跟帖过百。击节赞赏者有之，讨伐挑战者有之。首届和二届门球王徐帅、浙江甄一杆、安阳唐司令等门坛俊杰，皆瞩目涿州。真可谓，一“锤”激起千层浪。一时间，东西南北各路英豪，战书纷至。

眼看硝烟四起，大战在即，而狂人亦不改辞：信义，乃天地之本，古今推重；涿郡，乃昔日桃园三结义之地，吾岂能因酒废言。不仅不废，又有厥词：“刘会军一声吼，谁敢战涿州？”其勇猛之势有如当年翼德之当阳喝。

据闻，狂人已联系好涿州两大酒业公司，并有言：白洋淀水可干，涿州酒喝不干。可谓是兵马未到，粮草先行。因有言在先，此番迎战群雄，狂人未敢松懈，招兵买马，积草囤粮，严正军威，枕杆待战。近日闻，其五虎上将已选拔出，个个勇争先锋。此番涿郡大战，想必定会精彩纷呈，余等众球友将拭目以待。

狂人曾谓，门球欲图发展，全在年轻者，目前阶段，单打为重。门球基础在于此，门球活力亦然。单打水平高，则团体水平高；单打水平弱，则团体水平弱。昔日，狂人曾观摩多场比赛，于此深有体会。狂人所在单位，廿年前有球队四支，门球场三块，门球运动火红一时。但兔走雀飞，岁月更迭，昔日球友或驾鹤西去，或转戏棋牌，练球者寡，场地锐减，而今只剩一处，亦时常被练秧歌、打太极者占去。门球运动，寥落冷清，大不如昔。观今年涿郡门球赛事，竟有十余单位无队可派，盖老者益老，少者益少，青黄不接，后继无人。狂人每与人论此事，未尝不叹息，且常恨未能于单位之中，拉练培养出一支青壮年球队，是为憾事。

然狂人所虑不止此。今涿郡门球若此，他地门球若类此乎？中国门球，何策可强，何日可大？昔年我乒乓不如日本，及至今，已为国球，包揽奖牌无数。当下，日本门球虽盛，但吾辈应有信心赶超之，此乃门球人不可推卸之责任。

万里长江，不弃涓滴；千里之行，始于足下。中国门球若欲兴盛，需从今日始、基层始。时今，老龄化加速，老年人日多。门球运动，老年康乐为根基，青少年竞技是主体，而后者尤为重。今日门球之发展，不在他人，全在我青少年。少年智则门球智，少年强则门球强，少年进步则门球进步。狂人告诫少年，当虚心学习，开拓创新，承上启下，继往开来。量我堂堂中华九百六十万平方之国土，浩浩五百万门球之众，彼日本何足道哉，赶超之日不远矣。

狂人行事，公私有别，丁卯分明。曰："戏言可乱侃，正事禁瞎说。"其行事原则，不办则已，办则必成。此番"醉酒令"事，愈演愈烈，狂人欣喜，欲借此机重振涿郡门球赛事，一改往日潜水状，于华奥论坛注册，名号即为"门球狂人"。注册已毕，即张贴"招贤榜"于论坛，就比赛赛制、参赛范围、规模、奖励、执行规则等，恳请高人指点，智者支招。又言，若成，功在众；不成，过在狂人。言辞恳切，众为之动。

北京房山李忠赞曰：

狂人人狂心不狂，
性格豪爽热心肠。
情系门球谋发展，
何须因循遵旧章。
开拓创新英雄胆，
壮志怀才立战场。
有人勇赴单刀会，
桃园结义名飞扬。
是为传。

（刘卫华　门球周刊记者）

“门球狂人”刘会军

★ 陈瑞贤

20 世纪 20 年代，鲁迅先生名著《狂人日记》享誉中外。

21 世纪初，有人又写起了狂人日记，不过是在网上、是门球人，每天一篇，也享誉中外门球界。于是“门球狂人”这一雅号，便不胫而走。

他也无意当什么狂人，叫的人多了，慢慢也就以“门球狂人”自诩了，不信，你就在网上百度一下“门球狂人”，便可进入他的世界。

最初称他“狂”，是因为他夸下的一句海口：到涿州赛球，如果连胜三场，管吃管喝管玩儿。真有人不服这口气。某市一位高手开着车单枪匹马来挑战，结果铩羽而归。有一次保定来了三队，北京来了一队，均是出了名的高手，涿州胜出。全国网友赛后，他邀几位高手前来与他的“五虎上将”过招，按三种规则单、双打，结果二比八，涿胜。

从此涿州门球声名大振。

后来公认他的“狂”，不仅因为他是国家级的门球裁判，参与组织过国家级的门球赛事，而且他还是出色的门球解说员，凭着他对门球知识和竞赛规则的熟知、对双方队员的了解及快言利语的口才，很快赢得口碑。一说就是15年，解说上百场，被誉为“中国门球解说界的宋世雄”。

“门球狂人”何许人也？他就是河北涿州市门协执行主席，涿州市老年体育协会常委、副秘书长，市老体协门球指委会常务副主席兼秘书长刘会军。

刘会军为什么对门球这么痴狂？缘由还得从头说起。门球运动起源于法国，1947年传入日本，在中国兴盛起来不过27年的历史。门球运动是1983年日本“门球使节团”传入中国的，很快风靡全国。1986年在石家庄举办了第一届全国门球比赛。门球为什么很快得到老年人喜爱？原因在于它不仅在几分钟之内就能学会，而且强身健体。足球门那么大踢进几个球尚且不易，何况如小板凳高的小球门呢。击打者一要掌握小球穿过球门的准确度，二要控制撞球的力度，三要观察场上位置和选择击球目标，这就需要动脑筋，特别是头部在抬低中改善了颈椎的血液循环。头脑反应非常之快的刘会军，当然不会放弃这样的机会，时任保定市第二中心医院（院址在涿州）老干部科长后又当上工会主席的他，开始研究门球并且迅速掌握了门球的有关知识。

在院领导的支持下，他于1988年在医院建起第一个门球场。因为医院离、退休的老职工多，在他的精心组织下，保定市第二中心医院建立了四支门球队，扩建了三连片的门球场。场地多了、赛事多了、水平也高了，他们夺得过涿州市第一次甲级门球比赛的第一名。因为他经常带领门球队与市内其他强队过招，从1994

年到2004年，他的球队始终保持了保定市甲级队称号。

也该着他“牛”一把。涿州市原人大主任周瑞当选涿州市老年体育协会主席后，便把刘会军招至麾下，主管全市老年门球事业发展。从2005年开始，短短五年时间，涿州门球从城市普及到农村，门球场发展到40个，其中农村拥有11个，徐三村建有保定市唯一的四联片门球场。同时，他在普及基础上抓提高，组织涿州门球队南征北战，曾多次获得过省、市级门球比赛冠军、亚军。渐渐有了“涿州五虎上将”——“关云长”张国才、“张飞”张勇、“赵云”白锡瑞、“马超”路玉庆、“黄忠”巩绪成和“卧龙”任敏，真是所向无敌，门球也因此成为与乒乓球、太极拳、秧歌并列的涿州老体协四大品牌之一。

他说他之所以敢于向全国叫板，得益于涿州市委、市政府对老年事业的支持，光门球一项投入就达30余万元，还有市老体协主席周瑞的心血在里面。没有他带着老体协一班人奔走呼号、真抓实干，涿州门球肯定没有现在这样的好基础，这一点让门球网友们都羡慕。《泗各庄有四支门球队》文章在《狂人日记》上发表后，立刻就有门球网友发帖说：“四支队伍两个球场是富农，我是三十支队伍四个球场的平民。”

说起他的《狂人日记》，他更有的侃了。他是2009年8月23日以“门球狂人”为名注册上网的，没想到每天有数百人次点击，他的几个栏目网上累计点击已逾十万人次。就冲着网友的这份热情，他每天坚持上网数小时。《狂人日记》每天有更新，成为论坛精品栏目。

他在网上侃门球，不仅敢说，而且会说。既说他打门球的体会，也讲门球知识、规则，特别是他总结的门球“真经”得到了网友们的认可。他还建议将门球分成“竞技门球”和“康乐门球”，既适应了广大老年朋友健身的需要，又满足了球友们外出参赛创品牌拿名次的愿望。

全国各地的网友对他的评价很高，这里不妨摘录几句：“门球人的骄傲”；“狂而不妄、另而不异、痴而不呆、智人也”；“狂人精力充沛、能力超人、才华横溢、思维敏捷、门球第一痴、第一智、第一狂人也、门球楷模也！向你学习！”；“网友狂人是北戴河比赛的大忙人、网友朋友心中的知心人、中国门球协会的大红人、网友论坛民间的掌门人”；“涿州门球好样的，向你们学习”；“愿涿州门球做强做大”。

有了众多网友的理解和支持，他更“狂”了，对门球也更“痴”了。为了发展涿州门球，他不辞辛苦深入社区和农村手把手教农民打门球；为了门球，他不惜自掏腰包数千元，外出做裁判、当解说、率队参赛、做调研；他还想有一天能在涿州举办一次全国性的门球赛事。

自他始，涿州门球网友已有十余人，还在发展中。

但愿“门球狂人”狂梦成真，而且把他的《狂人日记》写下去，不断地写下去……

（陈瑞贤《今日涿州》编辑部主任）

从门球场回来后读点书

——由门球狂人工作室所想到的

★ 朱家托

“门球狂人”是位热心门球运动的人，又是一位敬业的中国门球网总版主。2012 年 2 月 5 日，他在中国门球协会官网发了“开场白”（自拍自说）、“话狂人识门球”（拍别人）、“狂人与你面对面”（自拍自说）等三段视频，探索宣传门球的新视角。这些视频是“门球狂人”在涿州自己的工作室里拍摄的。我有幸目睹了他工作室的书架上排列有序的一本又一本的书。

我为他浓浓的书卷气喝彩！

在门球界，在网络世界，“门球狂人”是“高山打鼓——名声在外”的人物。网友们对他赞赏有加，有的说他是“网友的榜样”“门球人的骄傲”；有的说他“狂而不妄、另而不异、痴而不呆、智人也”；有的说他“精力充沛、能力超人、才华横溢、思维敏捷、门球第一痴、第一智、

第一狂人也、门球楷模也！”；有的说他“是北戴河比赛的大忙人、网友朋友心中的知心人、中国门球协会的大红人、网友论坛民间的掌门人”……

“门球狂人”的真姓大名是刘会军，河北涿州市门协执行主席，涿州市老年体育协会常委、副秘书长，市老体协门球指委会常务副主席兼秘书长。

而我有幸目睹他的尊容是2010年在上海看门球世锦赛时。

2010年9月16日，我们住进浦东新区东靖路交叉口高设路73号上海金麒麟商务宾馆，老板王庆兵是安徽枞阳人，算得上是老乡。观看世锦赛的门球粉丝们有一部分住在这儿。办理入住手续时，王老板告诉我，河北涿州的刘会军就住在二楼，与我的住房相隔两间房。于是我与刘会军就历史性地见了面。

第十届世界门球锦标赛9月17日至19日在上海浦东新区高东镇门球主题公园举行，13个国家和地区的92支代表队参加了这次门球盛会。比赛期间，我目睹了“门球狂人”的现场视频解说。他口若悬河，妙语连珠，给我留下了深刻的印象。

“百度”一下，记者陈瑞贤笔下的刘会军就出现在眼前——

他不仅是国家级的门球裁判，参与组织过国家级的门球赛事，而且他还是出色的门球解说员，凭着他对门球知识和竞赛规则的熟知、对双方队员的了解及快言利语的口才，很快赢得口碑。一说就是15年，解说上百场，被誉为“中国门球解说界的宋世雄”。

“问渠那得清如许，为有源头活水来。”刘会军出色的“嘴”功从何而来？从他的工作室可以找到答案！勤奋学习，善于学习，泛舟学海，涉猎古今，不断向知识的广度与深度进军，如此这般，才能成为“中国门球解说界的宋世雄”。

由此我想到，当我们从门球场上回来，放下门球棒后，不妨拿起书，或经典，或杂书，或闲书……让我们在铅字的芳香中，再次品尝获取知识的快乐与甜蜜，岂不善莫大焉？

听听培根的忠告吧——

“读书使人充实。”

“读史使人明智，读诗使人聪慧，演算使人精密，哲理使人深刻。”

“知识能塑造人的性格。”

……

乍一看，打门球与读书，似乎是两股道上跑的车，然而静下心来，仔细一想，二者是水涨船高的关系。或许我们读的书，不是关于门球技战术方面的书，或许我们读的书不是经典，而是一些杂书闲书，这，不要紧！因为书籍是思想与文化的结晶。因为读书的过程，实际上是读者的心灵同古今中外一切伟大心灵沟通、交流、凝聚、融合的过程。“少而好学，如日出之阳。壮而好学，如日中之光。老而好学，如炳烛之明。”既然精神上的各种缺陷，可以通过求知来改善，那么这与通过打门球来健身与健心，不是殊途同归吗？

门球场也是一面人生之镜！当我们走进门球场时，言谈举止之间，自己的素质学养，也会清晰逼真地影显出来。

“一个高尚的人，一个纯粹的人，一个有道德的人，一个脱离了低级趣味的人，一个有益于人民的人”，是人们敬慕的天地间大写的“人”，也是人们为之终身练心修养的目标。读书求知，就是实现这“目标”的一条途径。

虽然，人的年龄大小不一，生活阅历参差不齐，学历状况高低有别，身体素质好差迥异，兴趣喜爱各不相同……然而，“开卷有益”呀！所以，提倡从门球场上回来后，抽点时间，哪怕只有短短的一二十分钟，读点书，让翻书的声音成为击球声音的回响，这美妙的声音将会化为门球人的又一道亮丽的风景。

有欲也刚

——由网名“门球狂人”所想到的

★ 朱家托

海纳百川有容乃大；

壁立千仞无欲则刚。

当年左宗棠被派戍守新疆，途中路过林则徐的家，其时林则徐已经被免职了。林则徐送给左宗棠上述对联以示勉励。

林则徐联语中的“欲”，是指“世俗的欲望”；“刚”，指公道原则，是顺其自然的一种坚持。

林则徐还曾为“无欲则刚”做过一条注释性的联语：

苟利国家生死以；

岂因祸福避趋之。

然而，当我上网看到“门球狂人”这个网名时，忽然问自己：有欲是否也“刚”呢？

欲，欲望，是指想得到某种东西或想

达到某种目的的要求。

看来“欲望”是个中性词，本身并无褒贬之分。

“欲望”往“右”走一步，就成了“自私之欲”“利己之欲”“贪赃枉法”“徇私舞弊”等；“欲望”往“左”走一步，就成了“执着理想”“坚定信念”“兢兢业业”“任劳任怨”等。

刚，刚强，是说意志坚强，不怕困难或不屈服于恶势力。

窃以为，“刚者”，未必一定“无欲”！

记得，当初，我上网看到“门球狂人”这个网名时，确确实实大大吃了一惊！心想，这“门球狂人”是何方神圣？竟如此张扬“欲望”？也未免太不“温良恭俭让”了！

惊异能产生强烈的窥见欲望！

于是，我逢“门球狂人”的“博文”必读，见网友写“门球狂人”的“博文”必看，遇到报刊登载有关他的文章必收藏。

言为心声，文如其人。我紧紧追踪“门球狂人”的言行，终于认识了一个“有欲也刚”的门球人！

《门球周刊》报记者刘卫华曾写了一篇《门球狂人列传》的文章，刊登在2009年9月10日出版的第34期《门球周刊》上，其中有云：

“刘会军，河北涿州人也，国家级门球裁判，国家一级教练员，现任涿州市门协执行主席。球技甚好，网技不佳，好酒，尝曰：一瓶不脸红，两瓶脚不晃，三瓶烧酒洗洗胃，球技发挥才正常。人送称号‘门球狂人’”。

“狂人喜门球，于华奥论坛潜水数年，终日水底习作，不曾冒泡。近因酒后放言，惹出事端，方浮于水面，激扬文字，指点门坛。”

“狂人行事，公私有别，丁卯分明。曰：‘戏言可乱侃，正事禁瞎说。’其行事原则，不办则已，办则必成。此番‘醉酒令’事，愈演愈烈，狂人欣喜，欲借此机重振涿郡门球赛事，一改往日潜水状，于华奥论坛注册，名号即为‘门球狂人’。注册已毕，即张贴‘招贤榜’于论坛，就比赛赛制、参赛范围、规模、奖励、执行规则等，恳请高人指点，智者支招。又言，若成，功在众；不成，过在狂人。言辞恳切，众为之动。”

陈瑞贤在2010年7月29日出版的总第80期《门球周刊》上也发表了《“门球狂人”刘会军》一文。现摘录其中一段：

“全国各地门球网友对他（刘会军）评价很高，又恰如其分，这里不妨摘录几句：‘门球狂人’是‘网友的榜样’；‘门球人的骄傲’；‘狂人就是狂，说话做事常人看来就是狂’；‘狂而不妄、另而不异、痴而不呆、智人也’；‘狂人精力充沛、能力超人、才华横溢、思维敏捷、门球第一痴、第一智、第一狂人也、门球楷模也！向你学习’；‘门球狂人是北戴河比赛的大忙人、网友朋友心中的知心人、中国门球协会的大红人、网友论坛民间的掌门人……”

北京房山网友李忠曾赋诗称赞门球狂人：

狂人人狂心不狂，
性格豪爽热心肠。
情系门球谋发展，
何须因循遵旧章。

这样说来，情系门球场，情系门球人，对门球运动的执着追求与极其敬业，是一种更高层次的“欲望”。“春蚕到死丝方尽，蜡炬成灰泪始干”，这种“狂劲”，有何不好？这种“有欲”，何错之有？

现实生活中，有一些人饱食终日、碌碌无为、得过且过、与世无争，表面上看很“无欲”，实则是“逃避”！这样的“无欲”，哪里能够“成刚”呢？

门球，在球类大家庭里是非常年轻的成员。门球来到神州大地也不过将近30年的历史。“一衣带水”的日本全国人口1.2亿，参加门球运动的人数1000万，门球运动参与率为8.3%；中国全国人口13.7亿，参加门球运动的人数500万，门球运动参与率为0.36%。真是“不比不知道，一比吓一跳”！形势严峻，形势逼人，中国门球运动的的确确需要急起直追！在这样的情势下，提出振奋民族精神，鼓足发展门球运动的干劲，发扬敢想、敢干、敬业、奉献之“欲”，是何等切中肯綮地呼喊啊！从这个意义上说，我们应该为“有欲也刚”击掌叫好！

门球运动不是“一个人”的运动。做大做强门球运动也不是靠一两个人的力量就能做起来的。只有千千万万国民投身到门球运动中来，才能称之为一种“全民”健身运动！因而，像“门球狂人”这样热心门球运动的人越多越好！

狂人与门神

★ 谢同泽

先解释下，这个“门神”，可不是指过年时贴在门上的那张画儿，而是指“门球之神”或“门坛之神”。这样，您多半就会知道，我的这篇拙文要说些啥了。

从门球周刊到中网

初知“门球狂人”刘会军先生，是接触并看到了《门球周刊》之后。每周的“门球狂人日记”连载，十分吸引眼球。

也纯粹是一种缘分，再知先生，是2011年10月30日在中网挂牌任版主之后，成了虚拟世界里的上下级关系。我这人吧，生性也有点“狂放”，犹如一种天意，一见面就称他为“狂总”。这可是本人的“专利”，之前也从没见过网上有这种对他尊卑不分的称呼。

但，那些了解都是间接的、虚拟的，也是支离破碎、断断续续的，既不连贯也缺乏感性。只有这次开县举办网友赛，他不远千里、义无反顾地到来，才让我有机会近距离地接触了他、感受了他、了解了他。现就几个印象最深的事，发表些感想和评论。

门协工作总结中对狂总的评价

这个总结，虽由裁判长、副主席余学富（文才不错，系《旭日门球馆赋》作者）执笔，但也是门协领导班子集体智慧结晶。

总结首先充分肯定，中国门球网总版主的大力支持是大赛成功举办的前提。然后说："去年，开县提出举办网友赛的想法后，中国门球网总版主刘会军先生当即表态积极支持，并提供了外地办网友赛的基本原则、基本经验、基本资料，并在网上作了大量宣传，还提前 2 天来到开县检查赛前筹备工作，提出了切实可行的修订方案，简化了赛事程序。赛中，他既当运动员，又当现场直播解说员，给大家留下了深刻的印象。有了他的大力支持和参与，大赛的规模、氛围和影响力都得到了提升。"

我认为，这些评价是实事求是的，也是门协几位主要领导，代表了开县广大门球人的切身感受，是发自内心的！

油水关系与鱼水关系

众所周知，这两种关系，是狂总针对眼下的两种赛事，即所谓“官赛”和“民赛”孰优孰劣的经典概括。说实话，开县门球之所以积极申办，最看重的也是中网网友赛的鱼水关系！

这种关系的基本特征，就是狂总每到一地的500元乐捐！开县在这个问题上亦颇费思量，收？不收？按说，开县门球目前的经费状况，不收也无所谓。但最终决定收，成就狂总一言九鼎的诺言——否则，鱼水关系只是一句空话。此外，罗掌门在总结大会上慷慨激昂、震撼人心的讲话中，也讲到了“官赛”“民赛”的区别。只是我在报道时，考虑其敏感性而将其简化了。

顺便告诉大家一个喜讯。赛会结束次日，市体育局致电县体育局，要求速将网友赛整理一期简报上报。目的究竟如何，虽不得而知，但我深信，历来走在全国前列的重庆门球，在鱼水关系这个问题上也决不甘落人后的。

非凡的应变能力

1. 临时策划5人团体方阵赛。

狂总说，前来参赛的高手不是太多，这是为了提高观赏性、趣味性而考虑的。

2. “炒作”刘洪成。

球场上证实了狂人会打球。（单人赛）打了5场白球，5胜。总得分93分，平均每场得18.5分；总失分44分，平均每场失8.8分。净胜分49分。然而，复赛时狂总不打了，特邀82岁的刘洪成老先生替他打。目的一个：放宽参赛年限，刻不容缓！

3. 现场直播。

赛事得到了电信公司的大力支持，分别在两个赛场都免费安装了有线和无线网络。狂总灵机一动，认为可以运作现场直播。电信公司得知，立即派出技术人员前来调试，开了中国门球史的先河！

4. 凝重的表情，不轻松的话题（借用健康第一语及图片 1 张）。

狂总曾经善意提醒赛事承办者：要有接受网友们评头论足的心理准备。比如说，财务收支公布以后，有网友（内行，搞过审计的）不满意，说账无明细，无原始单证影印件。面对这些，不必着急、生气，自有公论，议一议也有好处。

偶尔得知的简历

偶然在中网 QQ 群发现狂总与别人对话中透露出来的个人和家庭情况。整理出来如下（经他本人过了目的）：

18 岁，入伍；20 岁，班长，干了 4 年；25 岁，排长，干了不到 1 年；26 岁，教导队副队长（没有队长）兼教官，1 年；27 岁，副连长（没有连长）1 年；28 岁，边防连连长，两年多。而后，转业到涿州。这段经历发生在 1972 年 12 月至 1983 年 1 月 1 日。整整 10 个年头。

狂人的父亲曾是八路军战士；狂人哥儿仨，都穿过军装；儿子仍在部队，军龄 13 年，官职空军上尉、副营；孙子还小，5 岁，再过 13 年，可以入伍。

大浪淘沙在军营，风吹浪打门球情，难忘镇江来相会，千杯万盏不会醉。军人世家，造就了军人性格和霸气。

前进的路上会有一些坎坷，会有一些不如意，我们共同努力、齐心协力，任何困难险阻都会踩在我们的脚下，让我们一路同行、一路高歌。

异乎常人的精神与精力

1. 他的座右铭："为了门球的发展，为了发展的门球。"

2. 其他不用说，仅看看他来开县以后的日程安排：

A.5 月 21 日晚—29 日，在开县参加七省市网友赛，8 天；

B.5 月 29 日晚—6 月 5 日，在蒙乌兰浩特，参加"长寿红城杯"友好城市门球邀请赛，7 天；

C.6 月 5 日—8 日，在黑龙江肇东，观摩中国夕阳红门球网首届全国网友赛，3 天；

D. 在黑龙江、吉林、辽宁抵河北秦皇岛，考察调研，3 天；

E. 从秦皇岛乘火车抵达霸州，逗留 2 天。而后，返回涿州。

整个行程包括在途，25 天左右。

凡与他有过近距离接触的网友，都对他赞不绝口。

待时机成熟（比如门球进入了全国运动会）之时，我提议：由中国门球网网友集体推荐他候选央视"感动中国年度人物"。中国门坛奇人——刘会军，应当之无愧！

当今中国门坛领军人物，他不仅痴，而且狂。我们应尊称他为"门神"！

第二章
风采独具门球人

发　哥

★ 陈明发

发哥，姓陈，名明发。四川泸州人，现年64岁，曾供职中石油华北油田，已退休。1990年他与门球结缘，逐渐成为行家里手。

2010年9月14日，发哥来涿州，下车即被"门球狂人"拉到一家"渝都家厨"，擅酒的狂人与好辣的发哥相会，自有一番杯盏较量。后，发哥夜宿狂舍，与狂人交流上网心得。再后，与狂人同走沪上。

狂人与其多年前已熟。此次相处一周，交往甚密。受其感染，怦然心动，一篇《发哥》乃成。

发哥到了涿州，竟然没与狂人及"涿州五虎"球场过招。实际上，午餐已有几分酒意的发哥下午是可以玩上两场的。只是临出远门的狂人要安排一下工作上的事，加之晚上还有应酬。故球场换电脑，发哥在狂人电脑上以“我的动感相册视频”发主帖了！

有一段写在前面的话，云：陈明发，男，60余，华北油田退休职工，酷爱门球20年，上网数年。在赴上海途中于涿州小住，经不住“门球狂人”老弟一番“忽悠”，乃决定即日立一主帖，为丰富自己的晚年生活、繁荣门球论坛做点实事。

狂人窃喜，终于把发哥套住了。痴迷门球的发哥会像照顾“自留地”一样经营好这个主帖。

在沪上，狂人与发哥同室，狂人“霸”来的电脑成了发哥的专用。长狂人8岁的发哥对门球的痴迷程度与狂人比有过之而无不及。

文采极佳的鲁西兄曾以“门球个人金牌第一人”为题介绍过发哥，帖云：

“来到中石油门球队员陈明发的家，陈哥将他整理好的‘个人门球档案’摆在我的面前，我的感觉只有一个‘晕’。七枚金牌，有世界级的、全国级的和石油系统的。”

给大家讲一讲发哥获门球单打全国冠军的故事吧。

2003年9月，江苏省江都，全国门球锦标赛首次设单、双打。大赛之前门球界怕是没有多少人知道陈明发是何许人。人们对他的关注，是因为他从众多的年轻选手手中“抢”走了全国单打冠军的奖杯。

《门球之苑》郭玉平有文介绍过发哥：

他个子不高，圆脸，短发，肤色较黑，头发有些花白，一个普通的中年人。发哥留给人们印象最深的是他额头上那几道深深的皱纹。发哥的笑容，很是灿烂。他美啊，他拿到了一块分量颇重的金牌。要知道，它可是全国第一块门球单打金牌呀！

团体赛、双人赛上发哥虽有过出色表现，但并未引起人们注意。

单打八强中，湖南的丁年华、陕西的刘长春、福建的张伟，还有中国石化的郭风支，他们个顶个都是好手。陕西小伙曹长征更以一场比赛中十几个远距离闪带无一落空而技惊四座。试想，谁会把八人中年龄最大的发哥放在心上呢?

9 月 17 日下午，江都的天气还是异常地闷热，八强淘汰赛开始了。

发哥先以 16∶6 淘汰了“西北狼”刘长春，进入前四；

再以 14∶6 击败“华南虎”张伟，顺利地进入决赛。

这时赛场上的气氛似乎一下紧张起来。

锦标赛历来都是年轻人的天下，如今在第一次单打比赛的冠军争夺战中却挤进了一位中年人，年轻人自是有些不服。他们自觉地站在了另一方，成了郭风支的支持者。当然，发哥也不乏支持者。中石油和中石化两支股谁是“绩优”？“识货”的老球迷们坚决地站在了他的一边：“这个人技术好，打得稳呀。”

赛场四周围满了观战的选手和球迷。已经连打好几场球的两个人，擦了擦脸上的汗水，抖擞起精神开赛了。

开局发哥并没有占优势，而且显得有些被动。但他沉着应战，稳稳地一杆球一杆球地打着。对方突然失误，机会来了！他抓住战机开始反击，渐渐地控制了场上局面。

比赛时间到，19∶8！

冠军，全国第一个单打冠军就这样诞生了。

衣服已被汗水浸透，黝黑的脸上挂满汗珠的发哥，给自己的表现作了这样的总结：“最重要的是坚持，任何时候都不能丧失信心，要相信自己，只要时间不到就有机会再次进攻。”这真是再简单不过的道理，但又有多少人能真正领会其中含意呢。

发哥自和门球交上朋友以来，喜欢它，热爱它，离不开它。

门球几乎成了他生活的全部。

发哥打球着迷出了名，特别是退休以后，一有空就到门球场练球。经过磨练，他慢慢从中悟出了门球的奥秘所在，使他的门球技战术不断得以提高。

2005 年 10 月发哥和队友代表的华北油田队参加了在上海举办的国际门球邀请赛，力克群雄，获得了冠军。

同年 11 月，华北油田队又参加了在广州市举行的首届全国门球冠军总决赛，发哥和队友们经过努力拼搏，又一举夺得了冠军。

2008 年 9 月，华北油田队代表国家参加了在韩国釜山举行的第四届世界传统体育大会门球比赛，发哥和全体队员齐心协力，默契配合，以十战全胜的战绩，一举摘得桂冠。这是门球引进中国以来我国在世界门球大赛中赢得的首枚金牌。他们为国家争了光，也为石油总公司争了光。

回国后，华北油田队同时受到了国家体委和石油总公司的表彰。发哥自然是无比的高兴和自豪。

发哥在赴上海的火车上对狂人说：

“2008 年韩国釜山，代表中国参赛的华油以小组第一（三战全胜，取前两名）进入二阶段；二阶段仍是小组单循环，我们三战全胜进入淘汰赛；抢号战，胜；8 进 4，胜；半决赛，胜；决赛遇到点麻烦，我的 5 号碰 2 门柱未过门（前面几场，我都是过一门后冲二门成功）。在罗子（罗士培）教练指挥下，我和打 1 号的李文玉、打 3 号的葛大洋、打 7 号的王全宁、打 9 号的祁夕坤等队友密切配合，最后以 11∶11 多三门险胜对手，我们共打了十场球，对手都是韩国队……”

狂人听后狂赞。

2008 年 9 月，第四届世界传统运动大会门球项目，中国门球第一次站上最高领奖台！

发哥说，得冠军后，队员们高兴，带队的领导们更高兴。张娜和小刚（陈小刚）约定：搞一个“国华杯”赛事，双方轮流承办。

2008 年第一届“国华杯”在华北油田举办；2009 年第二届“国华杯”因北京场地原因放在了滨州；第三届在“国华杯”华油万庄办，时间是 2010 年 10 月 8 日。

狂人当即喜曰：“届时若能倒出时间，定前去助兴。”

发哥有三个孩子，其中有两个是聋哑残疾人，老伴患有胃溃疡和慢性肠炎，生活较拮据。当他在网上知狂人组团赴沪观摩第十届世界门球锦标赛的信息后，连打几个电话表示：观摩团里要算他一个。后狂人与发哥坐火车硬座往返京沪，发哥的身体健康状况让行伍出身的狂人羡慕不已。

狂人刚学会上网时，在门球论坛系“菜鸟”，而发哥已是当时论坛中为数不多的“新贵”。发哥文化底子薄，但凭着对门球的挚爱，每天在电脑上下功夫。狂人在涿州、上海亲眼目睹发哥戴着花镜在网上劳作的情形，深深地烙印在他的记忆中。

自费去上海看世锦，现场见证了中国队包揽金、银、铜牌的历程，发哥高兴啊，快乐得像个孩童。当古桥秘书长在开赛前见到他问及“是否遗憾”时，他朗声回答：“不遗憾！只要有中国队拿冠军就行。”

2010 年 9 月 22 日（农历八月十五）早，发哥与狂人分手，从沧州下车回华油（任丘），待狂人到北京再转车回涿州家中打开电脑时，已见发哥新帖……

两天后，京南网友（廊坊）队亮相北戴河第 27 届“休养长寿杯”门球赛场，发哥团体连打代教，单、双亦披挂上阵……

9 月 30 日，发哥抵山东滨州，参加“门苑读者杯”门球单、双打。

10 月 8 日，第三届国华杯在华油万庄基地举办，发哥带队上场……

发哥其人，奇人发哥。

门球成了发哥生活中的一大部分；发哥享受了门球带给他的欢乐。

中国门球人队伍中类似发哥者很多，希望我们门球人从自己做起，共同营造门球大发展的良好氛围，为门球的普及、推广、提高做出自己应有的贡献。

摘发哥网上主帖的话作为本文结束语：多渠道、多形式、多人多方法，众人拾柴火焰高，为了门球的发展，为了发展的门球，我们每一个门球人都应该做点实实在在的事情。

发哥，门球之路，一路高歌！

门球小子

★ 苏东方

一家三代门球人

苏东方，大家都爱叫他“小东方”，这是他在中国门球官方网站的网名。

小东方1999年出生在江西省铅山（yán shān）县一个文卫体之家，其曾祖父苏永正（1919年出生），语言文字教授，离休，健在；爷爷苏元兆（1942年出生），曾担任该县体委主任，现任县门协主席；奶奶，退休前是药剂师。其父苏凯（1971年出生），是该县的优秀教育工作者，酷爱门球，被网上“门球狂人”戏称为“门球痴迷者”，网上与狂人对语，常以“疯弟”自称；其母方国君（1976年出生），执教上饶市职业技术学院服装设计专业。

铅山县城位于全国著名旅游胜地福建省武夷山武夷宫、江西省鹰潭龙虎

山、上饶三清山的中心地带，车程都在 1.5 小时左右。该县始于南唐保大十一年（公元 953 年），因盛产铅而得名。

在水运时代，铅山县城所在地河口镇作为“八省通衢”，是一个将闽江水系、瓯江水系、钱江水系与鄱阳湖、长江贯通的商业重镇，也就是说，河口是赣、闽、浙、粤、鄂、豫、皖、湘八个大省的重要商品集散地之一。

河口以纸张、茶叶之大宗集散带来百业之繁盛，成为与景德镇、樟树镇、吴城镇齐名的江西四大名镇之一。

如今，这里仍保留着旧时的繁华印记和古朴风貌，沿河古色古香的明清古街，全长约 2.5 公里，宽 6 米，路面用长条青、麻石铺砌而成，布满车辙。

镇内小河蜿蜒回转，一座座青石桥横跨两岸，增添了小镇的水乡情调。沿江码头的碑石上，字迹历历可见，令人回想起当年“货聚八闽川广，语杂两浙淮杨，舟楫夜泊，绕岸灯辉 ”之盛。

因爷爷、爸爸都喜好门球，东方妈妈身怀六甲时常到球场看球，应该说小东方的胎教是门球的撞击声。

现小东方已有 8 年球龄，他要比爷爷、爸爸幸运，因他赶上了中国门球大发展的好时机……

爸爸眼中的儿子

记得小东方刚学走路时，就在球场上用他的小脚追踢着门球，摔跟头从来不哭，爬起来接着踢，也不觉得累。

两岁时他爷爷做了一根木头小球棒给他敲球玩，每次要带他回家时他都哭哭啼啼的，对球场依依不舍。

四岁那年，他有了自己的球棒后，兴趣更浓了。在他六岁时，我看他确实喜欢玩门球，就开始训练他的基本功。 二十个球，沿场地距边线 1 米左右围成一个大圈，每两球间隔 4 米左右，要求杆杆续击有效，如失误一杆就罚做 10 个俯卧撑。刚开始，一圈下来罚得他连拿球杆的力气都没有了，趴在地上哭。哭也没用，改压腿，左右腿轮换压，空一杆压 10 下，直练到一杆收场为止。

他撞击的功底应该说还是蛮扎实的，练完撞击再练擦边，同样如此。

2007 年，我带他去山东枣庄参加全国少儿门球赛，他比赛我挂分，那时他八岁，球路只能应付前 15 分钟，后半场的球位就记不住了。

枣庄回来后便开始教他球路，这下可好，他比我还迷。现在，他的球路很有个性，也很刁，特别是擦边球、远钓球，命中率比较高，出杆还特别快，就我现在的水平很难再教他了，所以呀！哪儿有比赛，我就想带他去见识见识。就想给他找个好老师，尽管目前国家对门球还不重视，但至少这不是件坏事。

他最喜欢看那个叫“顺溜”的电视了，有那么一句台词他记得最熟，好像是这么个意思：真正的神枪手不是靠练就能练出来的。他还常对我说：“老爸，我有时候觉得，我就是杆，杆就是我，球就是子弹，你说好玩不？”我只是笑笑。其实，我心里清楚，这就是我一直在追求的“人球合一”。

他现在每天晚上睡觉前，都要把球棒擦拭得干干净净，有时还抱着球棒睡觉，就跟那个“顺溜”抱着枪睡一个样。

自从在枣庄荣获了“门球之星”，还得了 300 元的奖励之后，他对门球更加痴迷了。2008 年全国少儿赛在天津市举办，赛前报了名，后来因期末考试语文只考了 87 分，他妈妈坚决不同意他去参赛，他伤心透啦！哭得真让人心痛。

2009 年 8 月全国少儿赛原定在河北廊坊举办，小东方说他这回一定能去，我也退了一步，只要语、数、英总分达到 270 也可，他竟然跳着叫道："老爸，万岁！"后来因 H1N1 取消了赛事……

同年 11 月，中冠总决赛在南昌举办，省门协胡礼通主席亲自点将让小东方加入上饶师院在校大学生代表队参赛。

2010 年北戴河全国锦标赛，胡主席再一次带他出去锻炼，他真的很幸运……

他的爱好实在是太多了，门球、乒乓球、羽毛球、篮球、滑板、溜冰、自行车、书法，每样在班上都是数一数二的，在同学间很有号召力。他对我说："老爸，玩来玩去，还是门球最好玩，特别是跟您对打。"

老师是这样评价他的：上课非常认真，作业经常拖欠，逻辑思维敏捷，遇事目的明确，学习成绩不差，同学人缘极佳，尤其嘴巴特甜，只是玩心太重。

是呀，特别是英语作业，他这个学期一次也没交，他还振振有词：抄是为了记，我能记下就不用抄了，浪费时间。真叫人哭笑不得……

但愿他的学习与门球能取得双赢！

知子之人话东方

东方趣事（一）

讲一个故事给您听：在 2008 年九十月间，每天傍晚时分，他放学、我下班，我们父子俩就去门球场战两三局。每次输球他嘴巴都可吊油瓶，尤其是因为他自己失误而输的话，他甚至会伤心流泪。记得有一次，他发挥得相当好，整场没有失误一杆，而且布局很合理，前二十五分钟几乎打得我连一杆起杆的机会都没有，以惨败而告终。我提出再来一局，他却收杆走人了，一路上嘴里不停地嘀咕着。我仔细听了听，原来他一直哼着："我终于赢老爸了……"我当时肚子都笑痛了，特逗。近一年，他的进步相当快，现在都能和我在一起谈观点、论战术了，门球似乎可以抹平我们父子之间的代沟。

记得当时就我们父子俩去枣庄比赛，他比赛我挂分，那时他八岁，球路只能应付前15分钟，后半场的球位就记不住了。回来之后，他疯了似的，几乎天天拉着我单打，现在他的球路鬼精鬼精的。

举个例子吧：我1号球进1门、冲二门成功，落位三门前离四线1米、离三门2米不到处，他2号球留球，我3号球守二门1号位，4、5、6、7均都留球，他8号去了三门后，落在离三门不到1米，离四线2米处，我9号只好继续留球，他10号轻过一门，远撞8号成功（7米多），闪送二角接2号球（留球），续击1号，往8号附近闪出界，自球回接2号，我1号球去3号位靠四角方向，他2号球进一门，先后撞击8、10号（没两杆）与4号接力，摆放双杆，然后，稳打掉我3号，从二角闪出界，进二门打掉我1号（5米左右），闪送至8、10号附近，自球落位三门前，我3号压线，他4号过一门打1号带掉我3号……这么说吧，他的球路安排很有个性，我现在很难再教他了，有机会就想帮他找个好老师，好好教教他。

东方趣事（二）

我曾经提过这么一问：3号，4号，5号，6号，7号，8号，9号，10号都满分，2号球（已过三门）停在一角方向的柱边，接近贴靠，

1 号球进三门后撞击 2 号，并逐次滚动上柱了（2 号球肯定是先上的），该咋判?

小东方是这样认为的：1 号撞击 2 号，2 号满分，比赛结束，白方胜。记得“林静风闲”前辈的解答是：1 号球撞击 2 号球，2 号球先撞柱，接着 1 号球滚动后也撞柱，是一次击球动作完成的两个任务。1 、2 号球满分均应有效，平分。即便是 1 号球员在闪击时把 2 号球送上柱（此时白球已 25 分），1 号球仍然可以续击再撞柱从而使己方满分。然后进行“一门决胜”。

小东方很是不服气,非要问个究竟,硬是要给“林”前辈打电话，当时手机一拨真就通了，搞得“林”前辈一下子还不知道是怎么回事呢。他才 10 岁，太要强了，“林”前辈告知他这样认定的依据是 04 规则第 15 页：三、全队满分：2. 由于先攻队员击球造成后攻队率先获得满分，待该队员完成击球后，比赛结束，并判定胜负。他尽管很要强，但很讲道理，明白之后也就不闹了。

东方趣事（三）

外出在九江参赛，因我执教连负三场，小东方主动请缨，接掌“帅印”，赛前他还组织大家召开了一次动员会，讲得还蛮有道理的。赛前的抽签选边（红、白方），填写队员名单都由他全权负责。填写完毕，裁判员开玩笑逗他：“你看秩序册上的教练员是你爸爸的名字，不是你的名字，你不能做教练。”他一听急了，拿起笔就要改。裁判员挡住他的手说：“你改不算。”他拿起秩序册就跑，一边跑一边说：“我找我干妈去，马上就回来。”两位裁判一边笑一边对我说：“你这儿子太好玩了，他干妈是谁？”我也觉得太突然。在整个过程中他连看都没看我一眼，他可能知道这个问题我也解决不了吧。我告诉两位裁判，正、副总裁判长朱筱华和丁春玲都是他的干妈。她们叹道："他还学会走后门了，这个小鬼精。"我也感觉他太鬼精了，难怪他班上的同学都能听他的。

门球神童苏东方

2010 年 6 月 1 日，小东方随江西省门球代表队在北戴河参加全国门球锦标赛暨第十届世界门球锦标赛选拔赛，荣获团体第 15 名，获得替补参赛的席位。后因澳大利亚参赛队未满额，江西队获得了进军世锦赛的资格。后因南昌大学出资派队代表江西出征，小东方因故无缘世锦赛。在北戴河期间，有人特邀小东方加盟滨州挑战赛。回家之后，小东方将此消息告知了他父亲，他父亲当时心里既高兴又担心，怕到时会让人看笑话。小东方当时的情况是：一、缺乏大赛经验；二、球路安排过于自信，见球就想打；三、闪带球技术不过关。他父亲认为，大赛经验需靠自身积累，自信也不一定是坏事，而最难办的是闪带技术。他想到了闪带高手厦门球友唐老鸭（唐心辉），马上致电敲定——闪带技术的提高就由他鸭子伯伯负责，临阵磨枪。之后一家三口在暑假期间赴厦门陪同小东方拜师学艺。

2010 年 10 月 1 日下午，由山东省滨州市体育总会、老年体协、门球协会等共同举办的"读者杯"门球挑战赛在滨州市老干部活动中心门球场隆重开幕。

这是一次非同寻常的赛事。来自全国 21 个省市自治区的 175 名球员参加了单双打比赛，其中单打 135 人，双打 75 队，相当于 210 支球队参加比赛，是迄今为止参赛人数最多的一次单、双打门球赛事。每天每片场地要进行 19 场比赛，从早晨 7 时到下午 18 时，中间不休息，全天共进行 152 场比赛。赛程时间为 5 天，分小组赛和淘汰赛两个阶段。

当时的中国门球协会主席赵化娟、秘书长古桥、滨州市市委副书记孙孺生、滨州市副市长崔娅妮、SIZE 传媒总裁杨箐等嘉宾出席了开幕式。

这次赛事除了规模大、规格高，还具有以下显著特点：

1. 高手云集。参赛选手中有 30 多位是在历届全国大赛上获得过冠亚军的名将。

2. 不受年龄限制。参赛选手年龄最大的 78 岁，最小的 11 岁。

3. 中青年选手多。由于比赛安排在十一长假期间，为上班族提供了参赛机会，所以吸引了许多年轻选手前来参赛，约占参赛人数的半数以上。

4. 选手参赛机会多。为了给选手更多的参赛机会，比赛在编排时保证每个球员不少于 5 场球，每组有接近 3 名球员进入决赛，并在关键场次实行了上下半场制。

5. 人气旺。这次比赛的消息于 2010 年 6 月中旬在中国门球协会官方网站公布后，至月底，网上报名人数已经爆满，然而全国各地的报名者依然不断。组委会一边发布报名截止的消息，一边压缩山东省内的参赛人数来满足外省市球员参赛的愿望。但到了比赛报到时间，还是有近 20 位候补参赛球员前来候场。

6. 限双探索。在限双问题上，这次比赛进行了有益的尝试。即不限制次数，而是保留了球门双杆，取消了撞击球双杆。实践证明，这种方法简便易行，便于记忆和执裁。

另外，正式比赛之前，大赛特邀徐卫国、刘宗宗、刘长春、蒋宝明、甄小卯、焦兰贵、苏东方、唐心辉 8 名种子选手在赛前进行了技术和实战表演。

小东方此次滨州之行，表现相当完美。以小组第三身份出线的小东方进入淘汰赛后，越战越勇。在64进32时，他靠远距离用己方球闪带对方球成功，术名曰：“牺牲打”，反败为胜（在二门附近用自球闪带四角处的对方王球成功，距离约15米）。在32进16时，他更是把闪带技术演绎得出神入化，硬是没给对方出杆的机会，而这些都应归功于唐心辉教练的精心传授。

小东方在16进8时巧遇常胜将军徐卫国，尽管结果负于徐帅，但小东方在场上的表现可圈可点。在比赛还剩三分多钟，5号球（徐帅执红）在二门附近的边线击中6号球后，就近闪出，为阻止6号球去为一角处压线的8号球接力，并就近设置了障碍，此时只见小东方一转身，毫不犹豫的一招金钩倒挂，只见6号球越过5号球的头顶正好落位在8号球前，很富有戏剧性，徐帅不由得笑道：“小东方，你还真够厉害的！”有观众鼓掌道：“此招可取名为‘东方跳’”。为这一跳，徐帅赛后还送给小东方一支球杆，以作留念。

10月8日，小东方从滨州回到学校，还在上小学六年级的他迎来了本学期第一次语文单元测验，他考出了94.5的高分，除了作文扣分外，基础知识接近满分。

门球小子苏东方，让我们认识了一个痴迷门球的少儿，让我们结识了一个酷爱门球的家庭。是门球让苏东方由一个普通的少儿变成“名人”；是门球让苏东方走上了一条门球发展之路。让我们共同期待和祝福我们的门球小子学业与门球均获佳绩、双获丰收！

（后记：本文整理发表时，疯子苏凯和球痴鸭子从珠海给狂人打来电话：小东方、小峰加盟的厦门旭初队获2010中冠赛冠军！发奖仪式正在进行……真的，狂人能感觉到苏凯心情的激动，仿佛看到他那幸福的热泪……）

门球自由人

★ 陈国英

一

乒乓球世界冠军庄则栋到过霸州，他曾在文章中写道：

“晚上，我们在市委领导杨杰书记、陈国英主任、王丽英副市长的陪同下，和霸州的艺术家们进行了联欢，令我们惊异的是杨杰书记登台为我们演唱京剧，唱的真是有板有眼，京味十足；陈国英主任拉京胡伴奏，拉的惟妙惟肖，令人佩服。有这样带头搞文化和精神文明建设的领导，霸州市人民的生活怎么能不安定、和谐呢？

“虽然我们在这里逗留的时间很短，但霸州市的领导、人民和艺术家深厚的文化底蕴、尊师重教的学风以及他们注重群众体育的开展，把提高人民的身体素质作为他们一项重要工作来抓的工作作风给我们留下了深刻的印象。书记、

主任乒乓球都打得非常好，这里也是体育的先进县，乒乓球运动在这里有广泛的群众基础，不久乒超联赛也将在这里拉开序幕！虽然我这是第一次来霸州，但我相信过不了多久，我还要第二次、第三次来这里，因为这里有太多东西吸引我，教育我，鼓舞我。”

文中的陈国英，即酷爱门球的网友，网名“后卫”。

后卫属兔，2010 年本命年，60 岁。回首几十年工作历程，留下一串脚印：

全职干部。曾出任：霸州城关公社党委书记；霸州市工商局长；霸州市政协副主席、市政府常务副市长、市委副书记、市人大主任。四大班子全干过，真算是全职干部了。

七件政绩。在职期间，干了很多工作。狂人为其细数盘点列出七件：

1. 修建李少春大剧院。

2. 建设胜芳古镇。

3. 建立自行车馆。

4. 建成戏曲大观园。

5. 建成荣高棠纪念馆。

6. 建立门球基地。

7. 成为门球网友，谋划门球发展。

狂人与后卫多次交谈、沟通，也在同一个场地多次打过门球，深感：如此人物融入门球，门球之福气也。

二

狂人与后卫早些年就认识。1999 年 6 月，河北省“东升杯”中青年门球赛在霸州举行，狂人和驻涿州石油物探局门协徐绍仲主席率三支球队参赛。当时，后卫也上场了。

后来，霸州新修了四块门球场，落成时搞比赛，狂人曾率两支门球队从涿州前往。

再后来，霸州门球场地又有变化：原四块场地的地方重新建设，新建了三块场地（其中有两块是带棚的灯光球场）。

待到王鲁西在网上发帖介绍霸州门球时，狂人大吃一惊：霸州竟有了人造草坪球场！

霸州的门球场地及门球运动水平狂人是知道的，什么时候有了室内草坪场地？他们要搞 20 块草场？要建门球基地？一连串的疑问促使狂人要重新认识霸州。

狂人后来才知道，霸州门球场地的变化是幕后推手——后卫所为。

至于为什么要修 10 块人造草、10 块天然草，总计 20 块门球场？这只有后卫才能讲清楚。当然，了解了后卫为人处事的人能感悟到他的“野心”。上海高东的 18 块（人造草四块带棚、两块露天；天然草 12 块）是世界纪录，而霸州的 20 块，是新的标杆！

三

“打好门球要有好的场地，好使的家伙，好的规则，好的生活（硬件设施）。”后卫说。

为修建好的场地，后卫开车走了很多地方进行考察调研。不夸张地说，曾不知人造草坪为何物的后卫，现对人造草及天然草的认知，那是相当专业。

后卫与多个门球器材厂家有很好的关系，对哈尔滨长寿门球器材情有独钟。

2011 年，中国门球修规会在霸州进行，要出台一部适应中国门球发展、让门球人满意的、尽可能使用时间较长的规则。后卫是“守法的”，从不对现行规则指指点点；后卫是“狂妄的”，在自己一亩三分地上对门球的玩法是“花样繁多”。您见过打门球能减分的吗？您想到过高尔夫式一路前行打门球吗？您看到过门球场上运用台球原理、过三个门后“撞柱”改为“进洞”，融台球、高尔夫球、门球三者为一的“三介球”吗？

有关霸州门球基地的图文报道在网上很多，基地的运动员公寓是生活型的，是为运动队量体裁衣制作的。后卫有句名言：“让门球成为生活。”

后卫在与狂人及门球基地志愿者闲聊时说，满足来基地的门球人的不同需求是他们的责任。当然，因为基地是自主经营、自负盈亏，所以基地的标准，他们不干涉，但可以商量。

四

2011 年 5 月 14 日，基地第一块龙胄人造草球场已铺设完毕，后卫说：先铺好一块，我们让门球人在上边好好体验一番，一定要给门球人提供出标准的场地。

我相信，基地的球场会是目前国内最好的。后卫曾表示过：目前，国内还没有一个统一的人造草门球场修建标准，霸州要摸索出一个标准，为门球的场地建设做出贡献。

五

好多去过霸州以及没去过霸州的门球人，但凡与后卫有接触，会对这位昔日官员有较深的印象。

痴迷门球的北京门球网友枣红马到过霸州，他在网上“枣红马日记”中写道：“中国门球的希望——霸州门球基地是当前国内最大的。全方位一条龙服务，食宿条件设有高中低档。地理位置好。还有一个关键带头人——办事走群众路线的后卫老师。”

后卫老师办事先听群众意见，和大家共同商定措施，再定计划。霸州选人面向全国500万门球人。就这一条相当重要。好多带头人听不进群众意见，独断专行，好事办不好，越办越糟糕。而他在赛场上光看不说话。他善于及时总结。他的好多创意，都有强大的吸引力。他深知带头人和群众的关系。他离不开群众。

霸州的辉煌不会遥远。

鲁西兄多次去过霸州，他在“门球曙光”一帖中写道：

“霸州门球基地六块人工草坪场地的基础施工已完成，开春后就铺设草坪。另四块配备有顶棚的门球场地，其宏伟的钢架结构拔地而起，象征门球运动的巨型“门球标模”巍峨地耸立在场地中央。完工的门球展览馆坐落在门球基地的东侧。东南侧的运动员公寓现正进行着内装修，很快就可以接待前来打球、交流、参观的门球朋友，届时各类名目的门球赛事也将陆续拉开战幕。”

投资一千万的门球基地，在霸州市政府的支持下，在海润集团的运作中，以首都后花园的优越地理位置，在华北大地将迎来它的诞生。

门球运动走商业化道路这一理念一直是我们门球人的愿望和追逐目标，但是截至目前没有人能迈出有成果的一步。如今在原霸州市政府陈副市长的运作下，海润集团组成了一套精干的领导班子，以令人信服的硬实力，为门球运动和门球人奉送了一份厚礼，为门球运动改革之路带来了曙光。2011年门球人在霸州这片沃土上迎来了门球改革的春风。

门球论坛版主路凡在转发王鲁西老师的《门球曙光》帖子后写道：

“让我们共同来迎接门球的黎明曙光，在曙光来临之前，也会有阴霾，如何拨开阴霾迎曙光，让霸州门球模式成为中国门球的新起点，一个新的里程碑，迎来中国门球的一片艳阳天，网友们共同来出谋划策吧！”

最近，在“文化色彩的霸州门球基地”一文中，鲁西兄写道：

“霸州门球基地已成为门球人心目中的圣地，他的硬件设施在门球运动发展史中可以说首屈一指……

“霸州基地动工后，我有幸多次前来观看进程。特别是开春后的进展，三月份时还是半成品的建筑加黄土地。这次来到现场，进大门后举目观看，令人感觉犹如魔术般的变化：基地内的路面工程、运动员公寓的装修已全部竣工；基地内的花坛、果树、鸟语花香；基地外围的白杨树细嫩、挺拔；加之南大门迎面屏风上庄重而又充满激情活力的奥运五环图标，让我仿佛置身于奥林匹克体育花园，首都北京有令世界瞩目的奥运“鸟巢”，作为“皇城后花园”的霸州，这里有令各国门球人羡慕的门球运动“鸟巢”。

“几次受‘后卫’老师的邀请来到霸州，给我最深的感慨就是霸州的文化品位，霸州的‘李少春大舞台’‘民间艺术收藏馆’‘大观园’，就连那最具生活情趣的咸菜，也可以让你透过老字号‘六必居’的厂区和生产程序，感受到中国几百年悠久的‘咸菜文化’。

“霸州的文化特色，让许多来此一览的客人心中已视其为华夏文化的‘东方明珠’。这件件令人震撼的霸州文化精品，都凝聚着‘后卫’老师的智慧、心血，也彰显了后卫老师深厚的文化底蕴。

“正是看了这些文化珍宝，让我醒悟：霸州门球基地仅仅是后卫老师文化系列工程的项目之一。他是站在文化的层面上看门球、超越运动的范畴搞门球。正是这种坚实的基点，让我感到了后卫老师运作霸州门球基地成功的必然性。

“门球人能有这样一位有眼光、有城府、有底蕴的好朋友，让我们感到无比的庆幸和骄傲，在兴奋之余还希望门球人全力以赴，携手打造我们自己的家园，这是一项百年大计的工程，需要这个群体的智慧和力量。

“后卫老师大手笔的设计，为门球人在绿色的大自然环境里建造了一流的低碳生活庄园，他的门球运动思维超越了单一的运动概念，这无形中也给我们门球人提出了新的课题、标准和要求。

“霸州市政府和海润集团出资上千万，为我们修建了五星级门球花园，如果今后有机会来此参观和比赛，你一定会对基地的星级低碳环保生活环境、豪华而又物有所值的运动员公寓、一流优美的门球运动场馆而留恋、陶醉。今后在这里将会有各种级别的门球赛事和各种形式的学习班；可以与国手、名将近距离‘接触’，能面对面地向他们学习、交流，甚至直接叫阵与他们一决高下；多功能厅还会提供丰富多彩的门球文化艺术生活；让你感到最有价值的是能有机会参观近在咫尺的‘大观园’‘民间艺术收藏馆’等珍稀展馆，你会为华夏大地深厚、悠久的文化历史底蕴而陶醉和震撼。”

鲁西兄下面的话极有感情色彩：

“来吧，朋友们，只要亲身体验一次，你就会有永久定居霸州的心愿，或者最起码要在霸州加入候鸟俱乐部，年年来此一游。”

路　凡

★ 章德良

路凡者，平常人也，因“赶鸭子上架”被门球撞上，遂上瘾着魔，成为行家里手。后，又干上了门球论坛版主，成了彻头彻尾的门球痴迷者。他曾有篇“自供”，道出了与门球的情缘。

一

船到码头车到站，路凡退休了！

许多人需要一个适应期，他却很快适应了休闲的生活。“以前日月属官家，从此光阴归己有”。兴趣广泛的路凡“忙”起来了，游泳、钓鱼、摄影、打保龄球、旅游、上网，都是他的所爱。携老伴去了国内国外好多地方，拿着鱼竿钓遍他家周边的大小水库，一篇“新式钓草鱼法”还在《中国钓鱼》杂志上发表了。日子可谓过得悠然自得！可他怎么也不会想到会与

门球结下不解之缘。

他曾是一所省重点小学的副校长，退休后挂了个学校老体协主席的头衔。当时学校的一位退休老师邀他去打门球，当他看到一群灰头土脸的老头老太太，各自拿着一根球锤在地上扒拉着，老半天才轮到一次，且常常为一个球争论不休！他望而生厌，拂袖而去。

2003 年，曾供职过的学校要承担市教育分会门球赛的东道主且要独立组队。路凡被点了将，拿着球棒去集训了半个月，没想到，阴差阳错地竟得了个第一名！也许是半个月的强化教育，或者是那个“第一名”，路凡渐渐对门球产生了好感，慢慢品出了门球特有的韵味！

功夫不负有心人，经过一段时间的勤学苦练，路凡球技大有长进，已不凡了。

2003 年 8 月的一天，区门球俱乐部主任找上门来，对路凡说：“我年纪大了，挑不动担子啦，你来接班吧！”不由分说，几天后，一纸公文，一张公告，赶鸭子上架一样把路凡推上了新罗区门球俱乐部主任的位置。

从此，路凡优哉游哉的日子结束了！与这个被人们贬为是非之球的门球结下了难以割舍的情缘！

二

干事不干则罢，要干就一定要把它干好！路凡秉性如此，今世恐难改也。繁忙的训练和比赛使他的生活充满了激情与快乐。

在初学门球的那段日子里，他几乎成天泡在球场上，大年三十上午还到球场上敲一阵子！女儿看到他学打门球，给他买了一本《怎样学打门球》的书，他又从球友处借来《门球之苑》，如饥似渴，爱不释手，这些丰富的精神食粮使他大开眼界。

球场上，他先是学跨打，后又改为单脚贴靠，而后又改为双脚贴靠，横闪改成直闪，每换一种打法就得有好长一段适应期，“万棒练一球”，此话一点不假！他觉得日子过得非常充实，门球带给他的乐趣真有一种用语言难于表达的感觉，门球从他眼里的丑小鸭，逐渐变成了一只美丽的白天鹅！

整天泡在门球场，他是乐了，可日子一长，老伴就有看法了。她的话来了：“门球场没有你去，柱子就会倒掉啊！”有一次，朋友来电话找路凡，老伴接了电话：“您找路凡啊，您是他老朋友啊，喂，您的老朋友要去会他的小蜜了。”电话那头，朋友一头雾水。

路凡的老伴是豆腐心肠刀子嘴，为了路凡练球，她还在大房间用地毯铺了个 1 米 ×3.5 米的门球练习角。

为了家庭、门球事业双丰收，路凡同老伴商量了一个双赢的办法：她周一、周四下午打麻将，他负责接送；周二、周五下午俩人一同到温泉活水馆游泳、泡澡；晚上他上一会儿门球论坛，然后她玩一会儿计算机游戏。他与她，在以门球为圆心的圈子里尽享幸福的晚年生活。

栾川比赛，老伴没有同行。江津门球王争霸赛，他们一起去看了。以后如果有机会出省参赛，他们会夫唱妇随。路凡寻思：没有办法把老伴教成徒弟，至少也要让她变成自己的门球运动支持者！

回忆自己走过的门球之旅，虽成绩平平，然而感慨万千。路凡归纳：

2003 年 11 月，龙岩市全市门球赛，带队参赛，得了第五名。

2004 年，带队参加了福建省在莆田举行的乙级赛，小组第三，无缘决赛。

2005 年，省甲级赛第四名。

2006 年，带队去漳平参加了中国门球冠军赛福建省 2006 年甲级赛。

2007 年，带队参加在永安举行的中国门球冠军赛福建省 2007 年甲级赛；在市门球俱乐部举行的市门球单打比赛中获得男子第一名，并代表龙岩市到莆田参加了福建门协成立 20 周年暨 2007 年福建省门球单双打比赛。

2008 年 6 月，带龙岩新罗区门球队代表福建省门球协会老年门球队去栾川参加了 2008 年“栾川杯”全国老年门球锦标赛，并参加了单打比赛。

2009 年北戴河。

2010 年胶南。

他在名片里写道：

“重在参与，贵在学习，喜在健身，乐在交友！”

他在文章里写道：

“跟名将高手相比，我的门球之路根本不值一提，实在是平凡又平凡，也许平凡才是真，所以我特别钟爱我的昵称——路凡。”

三

2003 年底，路凡第一次参加了市门协举行的教练、裁判员培训班，学的是 99 规则，初涉门球的他，面对复杂繁琐的条条款款，如坠五里雾中，考试时，翻看《门球之苑》里的答案，算是拿到结业证书，事后也不知要申请什么等级裁判员。

04 规则公布了，中国门协在密云举办了 04 规则学习班，路凡买了二十多本的 04 规则发给各门球队，自己又买了一套 8 片的《2004 年门球竞赛规则、裁判法》VCD 教程。收到教程，他如获至宝，一遍遍对着书，听专家们的详尽讲解，基本吃透了 04 规则的主要内容。

有了半桶水的路凡，现买现卖，开办了新罗区门球 04 规则及裁判法学习班，当然是依葫芦画瓢，照搬专家的讲课内容。

路凡曾说："今天回想起来，这样做的确是不应该。"

由于讲课效果不错，市直机关门球俱乐部也请路凡去为他们开办 04 规则及裁判法培训班。

裁判队伍是门球运动发展不可或缺的一支重要队伍，裁判队伍老龄化是当前门球队伍面临的严重问题。路凡从俱乐部里选拔了年轻、上进的 18 位同志，再次培训，并用《门球之苑》上登载的《国际级裁判考试题》为内容，进行了书面考试和现场执裁考核，后经报区文体局批准，有包括路凡在内的 13 位同志拿到了三级裁判员证书。

2005 年底，路凡作为随队裁判随龙岩电信队参加福建省乙级赛，后被任命担任裁判组长，出色地完成了任务！

2006 年，闽西南高校老年人门球赛在龙岩举行，路凡被聘担任比赛的裁判长并圆满地完成了裁判任务！

2007 年，中国电信福建分公司在龙岩举行福建电信系统门球赛；2008 年，中国工商银行福建分行举行第 12 届工行系统门球赛。路凡担任了两个比赛的裁判长，和他的裁判员战友们顺利地完成了任务，受到各地市参赛球友们的好评！

2006 年，他试着从网上向《门球之苑》的"裁判天地"《每期一题》栏目提出自己的见解，6 期中居然有 3 期被评为获奖读者。

裁判工作很苦很难，可又很重要。他经常要求队员们要养成服从裁判的良好品德，也要求裁判要提高素养，认真做到“严肃，认真，准确，公正”。

路凡，一个心里永远年轻的老人，正带领一班年轻的门球人，与时俱进，开拓创新，在自己的一亩三分地上为门球的发展做出自己的贡献！

四

狂人初识路凡是在网上。当狂人注册上网后，由后向前，几乎浏览了门球论坛所有页面，看了大量的帖子。路凡文笔通畅的“舞钢遐想”给狂人留下了很深的印象。

在北戴河网友赛上，狂人初识路凡。

2011 年，门协在网上就年度赛事征求网友意见，路凡、狂人负责统筹，这是他们初次共事。

后，路凡作了版主，曾和狂人有帖来往。

任版主期间，路凡有创新，有突破，有亮点。如抛出“限双八度”、倡办地方“门苑”、鼓励精品主帖、解疑答难、上通下联、接待老友新朋、推动门球发展……将门球论坛搞得生机盎然。

路凡，一个普通的门球人。因为门球，让人们记住了他；因为门球论坛，让人们认识了他。

马大姐——马金凤

论坛上，经常有网友注册。某一日，确切说是2010年2月28日，有新人来报到：

提起老知青就有别样的感情，我选择今天这样一个有纪念意义的日子前来报到，融入老知青门球这个大家庭，心情格外地激动与兴奋。我是1966年的北京老知青，我将以一名志愿者的身份积极参与大家庭的各项活动，做志愿者、普通一兵，为曾经蹉跎岁月的人们送去更多的快乐！祝大家元宵节快乐！

狂人与马大姐早些年就认识，留意了她的帖子。她有一个帖写得很好——

26年的门球情缘

本打算当我即将与门球说再见的时候再去整理我39岁以来的门球岁月。看到那些沉睡了二十多年的一大书柜的历年的照片和各种资料以及二十多年来的工作日记，总感觉现在无暇去欣赏和享受这珍藏的幸福！

最近因为接到中国门球协会发出的《关于共建中国门球运动博物馆的函》，所以不得不提前对二十多年来的那段生活进行回顾与整理。

哈尔滨长寿文体有限责任公司创业初期叫做“哈尔滨冰城门球器材厂”，后来又更名为“哈尔滨门球器材厂”。

我们接触门球是在 1985 年 3 月刚刚建厂后不久。当时，一个海林林业局的采购员到我厂采购一个圆形工具，数量是 2000 个，这是一个不小的订单。由于他本人也讲不清技术要求和质量标准，只说是重量为 230g、直径为 75mm、有弹性的圆形球体，每个造价 2 元钱。于是我们就按照水箱中浮漂的样子以 pp 为原材料完成订单，交了工。过了 5 个月后听说这种圆形工具在八区体育场上亮相了，我们这才知道当时生产的那个东西原来是门球。当时我们就像发现新大陆一样，发现了另一个世界——门球！

一种一见钟情的幸福感涌上心头，从此便一发不可收拾直到今天。

门球运动于 1985 年在国内正式开展，而哈尔滨冰城门球厂与此同时开始了以研发生产门球为主的业务。

一开始我就确立了两手抓的思想：一手抓研发生产，一手通过参与运动去了解门球、了解市场。期间我们承办了学习班和重大赛事。我们于 1986 年 5 月 29 日至 6 月 16 日参加了中日“樱花杯”门球友好邀请赛并投资 6000 元请安永森五郎、佐佐木秀力开办了讲习班，当时有来自全国各地近三十名同志参加了学习。他们成了中国门球的星星之火。

2009 年 10 月，“门球狂人”网上报道“中日燕山杯门球赛”后，马大姐发帖云：

从燕山杯想到的

预祝“中日燕山杯门球赛”圆满成功！看到狂人的帖子，得知这是日本山梨县与中国河北省的交流赛，我倍感亲切，因为，长寿门球就是从日本山梨县与中国河北省的交流赛即“樱花杯”开始登上了一个新的台阶。

1987年4月的“樱花杯”我们参与了。黄帼会大姐（第一届中国门协秘书长）赠给我一个看一眼球心结构的机会。我在北京的光明照相馆将球心结构翻拍了一张图片带回哈尔滨，凭着这张照片我们经过4个月的奋斗终于研制成功第一代注字门球，并于当年的10月在石家庄举办了中日“长寿杯”门球赛。

第一代“注字球”得到了大家的认可，结束了球表面印字或烫字的历史。从此中国门球开始了蓬勃发展的新里程。1988年，中国门球协会成立。历经7年的努力与改进，在1994年的亚洲杯赛上长寿门球成为比赛用球。同时，日本太阳株式会社角琦幸熊先生开始了与我们长达十年的合作。感谢狂人的帖子，激起了我对历史的回忆。

关于“马大姐1985”的回复

1985是我步入门球的年份，这一年对我的一生具有非常重要的意义。25年的时间里把人生最宝贵的年华贡献于门球，我与门球有讲不完的故事，述不尽的情缘。我亲历了5届门球代表大会和20次秘书长会议，见证了门球协会从无到有、从小到大的发展全过程。

我与门球一见钟情，我为门球发展奋力拼搏。月缺月圆，酸甜苦辣，其中的辉煌和痛苦都深深地留在了我的记忆里。这一切只想与门球说再见的时候再去回忆，在自己的博客里倾诉我的门球人生。

北戴河网友比赛对我是个震撼，我看到和认识了那么多可敬、可爱的门球人。一种无形的力量，像磁石一样把我吸了进来，像老黄牛一样的愚弓长老人，踏实奉献的王鲁西老弟，热情奔放的门球狂人，如剑穿梭的唐老鸭，展翅高飞的大鹏鸟，乐观爽快的百健佳，挚爱门球的出山虎，夫唱妇随的门球后卫夫妇，等等。感谢你们在我感到厌倦和困惑的时候给我新的力量！

（门球狂人）……人生能有几个 25 年，马大姐将自己人生最宝贵的 25 年奉献给了她所选择的门球事业。

1982 年底，国家推行离退休政策。次年，一大批老同志从岗位上退下来。日本友人来华，介绍推广门球，京冀沪先动，门球在老年人中得以开展。无器材咋办？哈尔滨出了一位马金凤，凭着她对老同志的挚情，名为“长寿”的门球器材应运而生。我至今仍保留着他们生产的第一代球杆，这是历史，是马大姐及长寿公司对中国门球的贡献。

25 年过去，弹指一挥间。“长寿”今非昔比，但马大姐对门球事业的挚爱之情不减。愿老朋友、新网友、半拉老乡的马大姐，再创您本人及长寿公司的第二个春天……

长江电

★ 郭　博

郭博，山西阳泉人，30岁，网名长江电。

“卢氏·康鼎杯”第七届门球世界球王争霸赛预赛，分到一个死亡之组。郭博、罗文庆、马社新（原为朱祥军,后换人了）、何月生。

如履薄冰、波澜不惊，在先输一场的情况下，连胜三场，以小组第一出线。

第二阶段淘汰赛战胜沈阳孙友杨。

32进16，战胜天津何义。

16进8，战胜湖北曾爱民。

8进4，因对手河南刘么环迟到，不战而胜。

半决赛，战胜河南张建成。

决赛上半时，以13∶18落后河南杨栋；下半时以25∶19领先6分。总比分38∶37战胜杨栋。

出师不利

郭博在卢氏的小组赛第一场球是对阵湖北老江湖何月生，无论是综合素质还是经验，郭博处于下风，临场比赛结果，大家可以看得很清楚。

2013 "卢氏·康鼎杯" 第七届门球世界球王争霸赛
单打分组比赛成绩表

第一阶段 20 组

队名＼队名	郭 搏	罗文庆	马社新	李跃文（~~朱祥军~~）	何月生	胜场次	相等队净胜分	全阶段净胜分	名次
郭 搏		:	:	:	5:16				
罗文庆	:		:	:	31:12				
马社新	:	:		28:9	:				
李跃文（~~朱祥军~~）	:	:	9:28		:				
何月生	16:5	12:31	:	:					

开始发威

首场失利后，郭博对阵顶替朱祥军的名不见经传的李跃文，双方都是在各输一场的情况下对阵了，互不认识也不知彼此底细，算是狭路相逢。郭博开始发威，大肆捞分，最终以 21∶4 大胜对手。

2013 "卢氏·康鼎杯" 第七届门球世界球王争霸赛
单打分组比赛成绩表

第一阶段 20 组

队名＼队名	郭 搏	罗文庆	马社新	李跃文（~~朱祥军~~）	何月生	胜场次	相等队净胜分	全阶段净胜分	名次
郭 搏		:	:	21:4	5:16				
罗文庆	:		19:14	:	31:12				
马社新	:	14:19		28:9	10:8				
李跃文（~~朱祥军~~）	4:21	:	9:28		:				
何月生	16:5	12:31	8:10	:					

关键之战

两天打了两场球，获一胜一负后，对阵高手马社新。这是一场关键之战，郭博把握住了机会，以 21∶7 拿下，把出线的主动权掌握在自己的手上。

2013 “卢氏·康鼎杯” 第七届门球世界球王争霸赛

单打分组比赛成绩表

第一阶段 20 组

队名＼队名	郭博	罗文庆	马社新	李跃文	何月生	胜场次	相等队净胜分	全阶段净胜分	名次
郭博		:	21:7	21:4	5:16				
罗文庆	:		19:14	12:11	31:12				
马社新	7:21	14:19		28:9	10:8	2			
李跃文	4:21	11:12	9:28		11:29	0			
何月生	16:5	12:31	8:10	29:11		2			

生死之战

小组赛打了三场球，获两胜一负后，最后对阵胜利油田高手罗文庆，这是一场生死之战。胜则小组第一，如果负球，该组将获四胜的罗文庆第一，郭博、马社新、何月生都将是两胜两负，算小分郭博 5 分，马社新 −12 分，何月生 9 分，何月生将以小组第二出线。

何月生在现场担任翻分员注视着比赛，很多人关注着这场比赛。郭博把握住了最关键的机会，战胜罗文庆，以小组第一进入复赛。

80进40

小组赛结束后，40个小组的第一名和第二名共计80名选手进入复赛。按照事先编排好的对阵表，郭博以20组1对阵19组2。这是一场定胜负的淘汰赛，胜者进入40强，负者被淘汰。

19组2，孙友扬，60岁，来自沈阳。曾拜名人焦兰贵为师，2013年参加了井冈山网友赛，单打战绩不错。这次来"卢氏"，参加单打和焦家军的三人团体赛。

一场重要的比赛结束了，郭博胜出，进入40强。

附：

卢氏八十强

1组，陈　辉、何　义

2组，夏　伟、吴　庆

3组，李海兵、刘金鹏

4组，杨　栋、静大勇
5组，黄红兵、蒋之培
6组，李守才、柳和平
7组，黄红卫、韩桂梅
8组，彭庆兰、吕小荣
9组，李远勋、孙清明
10组，熊　丽、马占琨
11组，陈英伦、万志正
12组，李兰贵、侯秀琴
13组，王铁洲、唐新辉
14组，朱万利、张爱芳
15组，刘宗宗、郭建伟
16组，王宁辉、张志仁
17组，杨麦娟、杨领全
18组，赵缙军、赵　爱
19组，马卫平、孙友扬
20组，郭　博、罗文庆
21组，张　英、巴启强
22组，王卫东、刘鹏
23组，王备战、徐卫国
24组，赵留琴、张银安
25组，赵志忠、黎华山
26组，刘贵海、房帮杰
27组，韩鸣放、母龙泉
28组，罗汉才、李树建
29组，安连根、曾爱民

30 组，赵国胜、李继文

31 组，杨安军、姜　林

32 组，徐继斌、刘磨环

33 组，张建成、基振湖

34 组，黄保军、闵顺昌

35 组，董明才、刘长春

36 组，马万通、陈洪刚

37 组，莫兆卯、周美华

38 组，李猛飞、宋晋卢

39 组，李教怀、王全重

40 组，刘宝军、赵光军

32 进 16

复赛第一轮赛结束后，40 个出线名额确定。按照事先编排好的对阵表，有 16 位选手进行抢号，决定进入 32 强的席位，有 24 名选手将直接进入 32 强。现场抽签进行得很严密，郭博抽到了 8 号位直接进入了 32 强。

山东陈辉抽到了 19 号位 A、天津何义抽到了 19 号位 B，这两位对阵的胜者将和郭博相遇。

结果，何义胜出，进入 32 强，对阵郭博。

这是一场定胜负的淘汰赛，胜者进入 16 强，负者被淘汰。

何义，津门骁将，近年来多次参加全国大赛，多有斩获，正值鼎盛时期。

比赛结束了，郭博胜。

通过第二关，郭博进入了 16 强。

附：

卢氏四十强

陈　辉　何　义　杨　栋　静大勇　李守才　柳和平
黄红卫　彭庆兰　李远勋　陈英伦　李兰贵　唐新辉
张爱芳　熊　丽（女）　刘宗宗　郭建伟　杨领全
赵　爱　马卫平　郭　博　张　英　王卫东　赵留琴
张银安　赵志忠　刘贵海　韩鸣放　母龙泉　安连根
曾爱民　徐继斌　刘磨环　张建成　基振湖　马万通
陈洪刚　莫兆卯　李猛飞　李教怀　刘宝军

附：

卢氏 32 强

何　义　杨　栋　静大勇　李守才　柳和平　黄红卫
彭庆兰　李远勋　陈英伦　李兰贵　唐新辉　张爱芳
刘宗宗　熊　丽（女）　郭建伟　马卫平　郭　博
张　英　王卫东　赵留琴　张银安　刘贵海　韩鸣放
母龙泉　曾爱民　刘么环　张建成　基振湖　陈洪刚
莫兆卯　李教怀　刘宝军

16 进 8

复赛第二轮，是 16 进 8。

按照事先编排好的对阵表，这是上半区的四分之一区，这意味着将有 4 位选手争夺一个半决赛的名额。

两位姓刘的选手——河南三门峡刘么环和驻马店刘贵海同在这个四分之一区，在他们俩人的比赛中，刘么环获胜，进入了8强。

和郭博对阵的是战胜了川军大将母龙泉的湖北选手曾爱民。

在今年上半年重庆开县举办的网友赛上，设了单打和双打两个正式比赛项目，曾爱民获得单打和双打第一名，是双冠王。

需要提及的是，在赛会安排的八支省级组合的五人团体联谊赛中，曾爱民担任临场指挥的湖北队四战四胜，是唯一保持不败的球队。

郭博和曾爱民的比赛过程很耐人寻味。

双方在沙土地上激战22分钟后，天色全黑了下来，根本看不到球在哪里。

有人提出换到有大棚和灯光的人造草坪球场。

当时的比分是10∶7，郭博落后。

双方爽快地答应了换场的提议。

在新的场地上，比赛继续进行。

结果，郭博胜出。

这是一场定胜负的淘汰赛，胜者进入8强，负者被淘汰。

郭博，通过第三关，进入了8强。

附：

16强上半区

刘么环　刘贵海　郭　博　曾爱民　张建成　赵留勤
张银安　彭庆兰

16 强下半区

杨　栋　柳和平　莫兆卯　张爱芳　黄红卫　綦振湖

李教怀　张　英

8 进 4

复赛第三轮，是 8 进 4。

和郭博对阵的是河南三门峡市选手刘么环。

这场 8 进 4 的过程一波三折、味道多多。

按照赛程，这是 15 日下午 1 时 50 分在四号场地的比赛。

刘么环所在的球队在另一个赛地五号场地 13 时 15 分进行团体赛。

比赛的两处相隔 2 公里，步行需 20 多分钟。

按照编排表，团体比赛结束后是 13 时 45 分钟，刘么环 5 分钟是赶不到他要参加的四号比赛场地的。

好在赛会临场组织者发现了这一问题，临时通知两处，将比赛时间提前了。

待到主赛场 1~4 号场地比赛开始将近 20 分钟后，刘么环没有及时赶到 4 号场地。

分赛场的赛事结束了，裁判和参赛人员及观众都回到了主赛场。

因为对手刘么环还是没有到场。郭博坚持应判对方迟到以 0∶15 论处。

怎么办？还打不打？出现了一个过程。很多人经历和见证了这个过程。

这个过程持续了约两个多小时。

持续了两个多小时的过程是一个舞台。

各色人等在这个舞台上登场亮相。

生墨净旦丑都有表演。

这个很难遇到的过程被现场直播的摄像头拍摄了下来，很多人通过网络大致了解了这个事件。

实际上，这个事件并不复杂，处理起来并不难。

但是，它被扩大化了，以至于形成两个当事人不能左右自己的局面。

组织一次赛事，编排和调度是需要智慧和胆略的。

在这方面，我们还有很大的提升空间。

最后的决定是正确的。判郭博 15∶0 胜。

也是在分赛场，小组预赛中，胜利油田张继发就是因为迟到，被判 15∶0 后，痛失出线权。

很多人对郭博惋惜，认为他可以轻松拿下刘么环，而后，再过张建成、杨栋，结果就圆满了。

笔者在现场目睹了全过程，反复回味了一句话：旁观者清。

假如对手的态度好一点，假如赛会组织调度地再科学一点，假如不是令人头疼的 4 号场地（沙土地）等，相信这个过程就没有了。

这个过程的讨论，仁者见仁智者见智，可能会延续很长时间。

郭博的坚持是正确的。

赛会做出的决定是正确的。

最终，郭博通过第四关，进入了 4 强。

半决赛

复赛第四轮，是上半区的半决赛，4 进 2。

和郭博对阵的是河南郑州选手张建成。

张建成刚刚战胜“2012 门苑读者杯”新科状元张银安，进入半决赛。

在不久前的山西太谷，上届单打冠军郭博在复赛淘汰赛中连过河南大将宋超峰、杨栋，在和河南张建成较量中落败，失去冠军头衔。最后张建成在决赛中战胜李兰贵，在山西的土地上获得单打冠军。

这场半决赛的过程也是一波三折。

现场统计，张建成有三次中距离摸球未获成功。

发挥一贯稳健的张建成此次似乎不在状态。

严格说，郭博的这场球发挥得也一般，但，他的沉稳左右了赛场。

在这场关键的比赛中，郭博胜了。

赛场一片雀跃。

有好戏看了。

按照赛程，30 岁的山西郭博和半决赛战胜福建李教怀的 43 岁的河南杨栋决赛。

决赛一

决赛采用上下半时制。

对手杨栋，河南南阳人，他的家乡出过名人——诸葛亮。

他的网名也很响亮：淯水银枪。

年龄更是令人称羡：43 岁。

战绩显赫，被誉为“国教”。

曾获“2011 年首届霸州海润俱乐部会员单打精英赛”冠军。

杨栋半决赛中刚刚战胜了福建李教怀。

很少见到杨栋输球，但在不久前的山西太谷，他在单打中负于郭博，单打没有名次；五人团体赛 16 进 8 淘汰赛中，他和宋超峰、张建成、杨领全、李兰贵的五人超级组合负于一支临时组建的中国门球网网友队（小学生、开心、涛哥、友友、四平、狂人）。这似乎告诉人们，门球场上，什么事都会发生。

执红球的杨栋先声夺人，开杆了。

过程就不多叙述了。赵玉书先生作了现场录音，有复盘上传。

中国门球网总版主狂人做了现场转播，很多人通过网络观摩了比赛。

这场关键的比赛形成了一面倒，郭博落后。

杨栋没有利用机会扩大比分差距，比赛结果 18∶13，领先 5 分结束上半时。

现场转播时，大家以为，分差会在 10 分以上。

这个不大的分差，成就了郭博。

下半时的比赛上演了惊天大逆转。

决赛二

杨栋上半时胜出，下半时郭博执红球先行。

过程就不多叙述了。

中国门球网继续做了现场转播，很多人通过网络观摩了下半时的比赛。

比赛过程跌宕起伏。

最后五分钟，当裁判呼叫 6 号时，杨栋放弃了过一门。

几分钟后，场上有了一些变化。

裁判继续呼叫 6 号。

当时距比赛结束也就一分钟左右。比分 22∶19，郭博领先 3 分。

6 号球有两种选择：

1. 直接冲二门。二门后靠近二线和三线各两米处有 9 号球，9 号是已过二门的球。

2. 直接到四角接应 8 号球。8 号在四角界内，相距不远有 10 号。

杨栋选择了第二种。

6 号球进一门后，直接到四角接应。击到距 10 号球不远处。

裁判呼叫 7 号，7 号球进场接应 9 号球奔中柱方向一米左右。

裁判呼叫 8 号。

8 号球撞击 10 球打空！全场一片哗然。

8 号球落在三门后里侧约 1 米多一点处。

裁判呼叫 9 号。

郭博 9 号球擦 7 号球右侧向三门方向前进一段距离，用 7 号球闪带 10 号球双飞；

中距离撞击 6 号球成功，用 6 号球侧闪 8 号球里侧使 8 号球向三门后轻移约一米左右；

9 号球轻闯三门成功！回头擦 8 号球右侧靠向中柱，距离两米左右；

将 8 号球闪带 6 号球，未果。

9 号球撞中柱，比赛结束。

9 号球最后一杆，拿到 3 分。

下半时比分定格为 25∶19。

赢了！

上下半时比分相加，郭博以 38∶37 战胜杨栋。

第七届门球王新鲜出炉——郭博。

尾　声

历届球王争霸赛的名录中又有了一个新的名字。郭博，成了该项赛事最年轻的球王。

时间	地点	球王
第一届	2006 年云南弥勒	徐卫国
第二届	2007 年湖南张家界	徐卫国
第三届	2008 年重庆江津	蒋宝明
第四届	2009 年山西寿阳	李兰贵
第五届	2010 年陕西富平	李振河
第六届	2011 年原定新疆	（未如期举办）
第六届	2012 年山东东营	吕小荣
第七届	2013 年河南卢氏	郭博

附：

第七届球王争霸赛八强名次

冠军　郭　博　山西阳泉　30 岁　（长江电）

亚军　杨　栋　河南南阳　43 岁　（淯水银枪）

并列季军

张建成　河南郑州　53 岁　（格外亲）
李教怀　福建福州　48 岁

并列第五名

刘么环　河南三门峡　57 岁　（甘山青松）
张银安　陕西西安　52 岁　（荥阳射手）
莫兆卯　河南卢氏　50 岁　（莘源门球人）
綦振湖　安徽阜阳　58 岁　（宇宙飞船）

荥阳射手

★ 张银安

张银安，53 岁，陕西省西安市门球球员。

他的祖籍是河南，他给自己起的网名是“荥阳射手”。他在网上活动不多，他的时间大都用在了门球场上。

很多认识张银安的人给他的评价可用两个字概括：“好人”。

一张朴实的脸庞，一副笑呵呵的面容，憨厚得似乎腼腆，与人说话先带笑容。在他的嘴里，你永远听不到非礼的话，谦逊和大度是他给人的第一印象。

他的出名，是在 2012 年的河北霸州。

2010 年滨州门苑读者杯，出了个英雄赵光军；2011 年平顶山门苑读者杯，出了个英雄黄红兵；2012 年霸州门苑读者杯，英雄则属于张银安。

2012 年 10 月，来自全国各地的男子门球单打高手大聚会，踌躇满志欲一展拳脚的有 180 名之多，霸州的名字使人想到了争霸、霸气。

预赛结束时，人们大吃一惊：霸州成了跑马场，黑马遍地啊。

看一看落马的名将都有哪些吧：

一组的杨栋，二组的万之正，四组的刘长春，五组的唐心辉，八组的李建安，十组的黄家辉，十一组的巴启强，十六组的黄红兵，十七组的马卫平，十八组的张建成，十九组的司久生，二十三组的艾武，二十四组的吕小荣，二十五组的陈洪刚，二十六组的柳和平、尤凤臣，二十八组的张树华、牛弘，三十组的赵光军。都是活跃在中国门坛一线的知名门球战将，但，均在预赛阶段被淘汰了。

张银安被分在第十八组，同组的有：河南张建成、山东倪平、北京孙绍才、湖北李丹峰、湖南蔡德景。张银安五战五胜，以小组第一晋级。

复赛是淘汰赛，淘汰赛是残酷的，单场决胜负，胜者前进，负者被淘汰。

张银安抽到下半区。

首场淘汰新疆吾麦尔；次场淘汰山东张瑛；三场淘汰江西阳时东；四场淘汰胜利油田由学跃。

半决赛艰难战胜广东小将黄景成。

决赛的对手是本届比赛杀出来的一匹黑马——内蒙古巴音朝格图。

波澜不惊，张银安成功登顶。

本届比赛获得男单冠军的张银安，出场十一次，获得全胜，笑到了最后。

人们开始对这位一战成名的新科状元刮目相看了。有些人疑虑发问：张银安，过去战绩咋样啊？

仅这两年的战绩提醒我们：他的确是有两把刷子的。

2010 年，曾获得陕西省单打冠军、山东胶南网友赛单打第二；

2011 年，获江苏昆山全国网友赛双打第四。

他获得冠军后，有人在网上发帖披露：

“张银安是一位年轻的老球员，打门球的历史可以追溯到 1986 年，那时，他还是个毛头小伙子，因为父亲打门球，耳濡目染，他也喜欢上了门球。50 岁以前，他要养家糊口，打门球是“副业”，现在，手边有了积蓄，孩子们也大了，他弃商从球，成了一位职业门球人。

“每天，他都早出晚归去西北大学门球场打球，晚上回到家里还要练球。他家住在一楼，他在自家过道铺了一个人工草坪球场，长 10 米、宽 3 米，专门用来练球。他晚上练、雨雪天练；练擦球、练闪顶、练粘球、练力度。不知枯燥、不觉辛苦，痴迷到忘我的地步。

“张银安人缘极好，打门球 20 多年，从来没有和裁判员发生过争执，哪怕是裁判员判错了，他理解的执行、不理解的也执行。在他的心目中，裁判员是为大赛服务的，很辛苦，应该多一点宽容。”

网上对他获得冠军好评如潮，有人对他打球的秘笈有如下点评：

“其一，四角就是根据地。他常常将自球运作到根据地，在那里养精蓄锐、等待时机，一旦机遇出现，他会像一只饿狼，凶猛地扑向猎物。其二，把困难留给别人。在没有进攻机会的情况下，张银安会把自球分散藏身于边角地带，他撞送球、闪送球的手感极好，10 米以上距离送球绝对到位，距离边线会在 10 厘米左右。这就是他‘把困难留给别人’理论的实践，对方要攻击他，没那么容易，你要不信，就来吧。”

在半决赛和决赛中，张银安都按既定方针办，成功击败对手黄景成和巴音朝格图，登上了冠军领奖台。

霸州大赛一个月之前，在北京卢沟桥杯门球赛上，张银安和球友来到北京，冠名“陕西齐力队”参赛。当有人问到为啥叫齐力队时，他憨厚地一笑，说：“就是齐心协力的意思呗”。

此次赛前，在霸州举办了首届“京津冀联谊赛”，他和大鹏鸟、健康第一等网友加盟北京金融街门球队。比赛中，张银安是队员兼教练。

京津冀赛后，张银安留在了霸州。在基地附近农村找了一个每天 15 元的小旅店住下。条件差点没关系，每天到赛场练球离得近啊。

再披露他的几点秘密吧：

一、赛前他的练球极有目的性。比如，明天某个时段在几号场地有他的比赛，好了，他今天就在某个时段在既定的球场练球。当大家挤成一团在球场练球时，他不吭不哈坐在一旁开始静静地观察他的对手了。

二、熟悉他的朋友告诉说，银安不光是人缘好，还很心细。他的包里有针线包，同伴们的包包啊、扣子啊、小来小去的针线活，找他就妥了。他的针线活赛如巧媳妇啊。

三、霸州大赛前，他和几位外地来的球友住进了霸州基地附近的农家院，条件是很简陋的，以至于晚上上厕所都很不方便，住在一起的哥几个晚上要用一只小水桶方便。当有人在网上语音室表示准备提请张银安为门球“达人”时，唐老鸭表示：他是我的好大哥，我们一起住的日子，每天早上，他都是提桶的、刷桶的。他的行为感动着与他在一起的所有人。

张银安的队友、2009 年北戴河网友赛单打冠军大鹏鸟透漏：

“去年打完‘读者杯’我们一行到焦作与白马主子交流了两天，

对他的评价极高（不管是球技还是人品）。后又参加了‘陈浩杯’邀请赛，他那稳妥的大将风度得到了大家的认可，不慌不忙打出的漂亮球征服了在场的所有观众。直到最后取得了冠军（当时一共是75支河南队，就我们一支外来的球队，夺走冠军是不容易的）。

“第二届读者杯中在和许卫国争夺冠军时打得难解难分，直到最后一杆球（在天然草坪上打，他打红球）七号球收杆，先用自球将对方的八号球带出界外，进三门，可惜没有撞柱，与冠军擦肩而过。下来就感到非常痛惜，经过两年的苦练终于修成正果，如愿以偿。”

笔者赛前到过张银安在霸州比赛期间的住处，亲身感受过他的住宿条件。邀请他和几位网友一起到过霸州的高家庄，领略过他大赛前良好的心态和过硬的技术。

痴迷门球的好人——张银安，在2012霸州门球之苑读者杯上一战成名天下知。

草原雄鹰

★ 巴音朝格图

巴音朝格图，男，48 岁，内蒙古鄂尔多斯市伊金霍洛旗人。

在有 180 位选手参加的 2012 读者杯男子组预赛中，他被分在第二十八组。

小组预赛，巴音朝格图以 3 胜 1 平 1 负的战绩出线，从现场看，似乎没有什么超人之处。请看他的预赛成绩表：

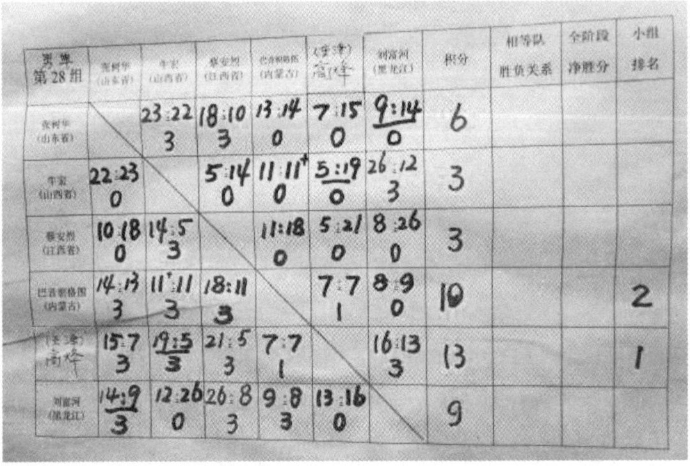

男单 第28组	张树华（山东省）	牛宏（山西省）	蔡安烈（江西省）	巴音朝格图（内蒙古）	（天津）高峰	刘富河（黑龙江）	积分	相等队胜负关系	全阶段净胜分	小组排名
张树华（山东省）		23:22 3	18:10 3	13:14 0	7:15 0	9:14 0	6			
牛宏（山西省）	22:23 0		5:14 0	11:11+ 0	5:19 0	26:12 3	3			
蔡安烈（江西省）	10:18 0	14:5 3		11:18 0	5:21 0	8:26 0	3			
巴音朝格图（内蒙古）	14:13 3	11+:11 3	18:11 3		7:7 1	8:9 0	10			2
（天津）高峰	15:7 3	19:5 3	21:5 3	7:7 1		16:13 3	13			1
刘富河（黑龙江）	14:9 3	12:26 0	26:8 3	9:8 3	13:16 0		9			

进入第二阶段，他开始发威。

他抽到上半区。

首场淘汰赛，对阵江西井冈山球王刘春芳。

刘春芳，网名刘芳357，从事门球20年，在当地小有名气。在2012年8月中国门球网井冈山网友赛中有上佳表现，俗称“山大王”。这次比赛他分在第十五组，战胜山东名将张瑛后以小组第一身份晋级。

巴音朝格图中局利用对方一个闪带球的失误，自球过一门后先将自己的先手球送到四角对方下手球处，再用对方球将位于二门零位的他球带出界，转眼之间将对方清场，顺利拿下本场比赛。

次场又淘汰甘肃好手孙宝金。

第三场淘汰赛对阵门坛名将刘贤。

刘贤是这次比赛设的八名种子选手中唯一进入16强的种子

选手。

现场看这场比赛的人很多。在开赛后的一段时间内，刘贤一直处于主动，有赢球的趋势。

门球之苑高级编辑解璀林（胡杨）在现场看球后，写道：

“巴音朝格图在和刘贤的对阵中，犹如草原上出没的一只独狼，在刘贤最不防备的时刻，突然下了口。

“当时的情形是：刘贤的④球在四角控制⑨球，巴音朝格图的③球，一杆冲进二门，毫不犹豫地向四角发起了进攻，打掉④球、解救⑨球、俘获②球，接着利用⑤、⑨球先手的优势，以迅雷不及掩耳的动作，清除了刘贤的⑥球和⑩球。转瞬之间，刘贤精心构筑的防线土崩瓦解，至终场未能翻盘。”

此战后，巴音朝格图昂首进入八强。

至此，进入八强的都是新面孔。昔日的球王、球星一个都不见了。

八进四，对阵山东好手倪平。

倪平进入淘汰赛后，是在先后战胜河南宋超峰、广东小将卢泽辉、湖南好手文先凡后进入八强的。

巴音朝格图状态极佳，战胜对手进入半决赛，成了此次赛事中最大的黑马。

半决赛和另一匹黑马相遇了。

郑国明，河北沧州人，首次参加大赛。进入淘汰赛后，首战淘汰球王徐卫国；次战淘汰新疆高手葛富贵；三战淘汰河南老将马占锟；四战淘汰河北保定李守才。

巴音朝格图和郑国明在一号场地进行半决赛。

因现场观众都涌向了同时比赛的二号场地，在一号场地的观赛观众寥寥。

两匹黑马之争，巴音朝格图赢球了。

来自内蒙古大草原的雄鹰飞起来了。最终，他获得了亚军，成了耀眼的明星。

胡杨写道：本届“读者杯”赛场，为像巴音朝格图这样具备狼性的球员提供了施展拳脚的大舞台，他们横空出世，演绎着千军横扫的霸气，诠释着竞技门球波澜壮阔的新打法。

期盼这位来自草原的雄鹰在自由的空间展翅翱翔。

大鹏鸟

★ 陈平洲

陈平洲，网名大鹏鸟，祖籍河南。

1945年出生在陕西韩城。1963年入伍，在部队服役六年，这六年的锻炼为他以后在门球界里的发展奠定了坚实的基础。1969年退役到西安铁路信号厂工作一直到退休。

1990年为组建厂门球队受工厂委派参加了西安铁路局在临潼铁疗举办的门球裁判员学习班，（当时学的是87规则）学完以后被分到了职教中心。

北戴河露脸

2009年9月10日，第一届（首届）全国网友单、双打比赛在河北省北戴河煤炭疗养院门球场举行。这是中国门球协会第五届领导上任后的首次全国性门球赛事。

陈平洲和李建安（飞翔19）入围单打前八名。赛前，他就对李建安讲：好好打，争取拿下好的成绩。当时的参赛规模创历史之最，裁判工作也遇到了很大的挑战，队员转战北戴河、秦皇岛几个场地，连轴转。对队员和裁判都是一次严峻的考验（不管是技战术还是体能）。

他从下午一开始打球就没有歇过，一口气打了四场，直到太阳落山，夜色蒙蒙，要趴到地上才可以勉强看到中心柱。最后只听到"咣"的一声将自球送上柱，裁判宣布："大鹏鸟赢啦！"

比赛结束，大鹏鸟当时激动得热泪盈眶……

初识门球

1990年6月1日，在临潼铁疗举办的西安铁路局门球裁判员学习班正式开课。陈平洲受工厂的委托参加了为期六天的学习班。当对门球一无所知的他看到门球场是那么的平整，球在场地上滚过的轨迹是那么清晰可见（第一场刚刚平过的场地），对门球充满了好奇，决心学好裁判工作回去为老同志做好服务。

当时学习的是87规则，任教的是铁路局的董福海老师。由于他有当兵的基础，动作也就做得比较正规，在学习班上得到了老师和大家的一致好评。从此他就和门球结下了不解之缘，在工作之余常为厂里的、区里的、市里的比赛做裁判工作。而打球对于他来说只是在球赛之余来上一两杆玩玩而已，所以，并没有太大的建树。

做裁判的艰辛

2001 年 10 月，广东清远举行“清新温矿泉杯”全国门球赛。他有幸被省里选派去当裁判。第一次参加全国大赛，的确是很激动，他和周俐兰一起前往。每次裁判集中学习，各人先要介绍一下自己。当轮到他时，激动地站起来用标准的西北口音说道：“俄是陕西西安来的老汉——陈平洲（当时还没有网名）。”大家都用异样的眼光回头看着这个西北来的老汉。

后来他在赛场上用标准的军姿执裁赢得了大家的一致好评。在裁判员联欢会上第一次和全国门协的秘书长——王瑞霞跳舞时，她建议他去考国家级，他惋惜地告诉她，由于年龄受限，他错过了晋升国家级裁判的时机。和他一起住的徐州的杜林森及河南的肖全红后来都晋升了国家级。

在那次大会上他结识了很多朋友，使他的执裁水平有了很大的提高。

难忘的 2007

从广东回来后，他就在省门协负责经营开发和门球通讯报道工作。刚刚开始学习 07 规则的时候，他发现自己的身体有一点不太舒服。那时已经内退的他整天在门球场练球，也不在意。后来在老伴的一再督促下才到医院去做检查，结果是令人不能接受的——“直肠癌”！省上参加 07 规则学习班的同志到医院来探望。他说：“既然得了，就不怕，顺其自然吧。我争取尽快出院，还要学习 07 规则、参加比赛呢。”

说起来容易做起来难啊！一次次的化疗，那个难受程度是一般人难以想象的。在这期间，省里在富平举办了门球全国大赛。他哪里肯放过这样的好机会，在老伴的陪同下到富平参观了高水平的选拔赛以了心愿！

2007 年患病期间，省上的比赛他就不再执裁了，但他却利用不执裁的时间潜心钻研门球的技战术。也就是在这一年多的时间里，他的门球个人技战术水平有了大幅度地提高，门球杆、门球场伴他度过了难忘、难熬的 2007 年。

重上战场

任何事物都是一分为二、相辅相成的。他虽然在 2007 年没有跑场执裁，却在打球的技战术水平上有了大幅度地提升。2008 年底，姚兰邀请他代表陕西队去深圳参赛。他当时就果断地答应了。

他怀着向兄弟队学习的目的来到了深圳。当时在深圳的姜海鸥推荐他代表运动员宣誓。他以前代表裁判员宣誓过，于是半开玩笑地说："宣誓对我来讲那是小菜一碟，我的强项是现场播音。"说者无意，听者有心。这话被当时的总裁判长——关键听到了。这样，他后来受中国门协秘书长——张娜邀请，在昆明举办的 2008 年中国门球冠军总决赛上当了一次现场播音员。

2008 昆明中冠赛场

一年一度的中冠赛是门球爱好者最最看好和最最向往的大赛。他参加全国大赛已有多次，可是在中冠赛上当现场播音员是第一次！他既紧张又激动。那可是现场直播啊，不允许有任何闪失和差错，不然造成的影响是难以弥补的。

开赛前，在总裁判长王强老师的指导下，他和搭档对解说词进行了仔细地研究和分工，决心用最好的状态把来自全国各地球队的精神面貌充分地表达出来！

一切准备就绪，可第二天天公不作美，准备好的开幕式泡了汤。

最终，他作为第一次亮相的现场播音员受到了中国门协的嘉奖！

“魅力门球”亮相荧屏

他是在 2009 年 1 月 4 号圆满完成 2008 年中冠赛的现场播音任务后搭机回到西安的。刚刚过完新年，他就接到了王鲁西老师的电话——他们准备要拍一部反映门球的电视，问他是否有兴趣参加。他当时大脑真的是一片空白，不敢相信是真的，既激动又兴奋。要拍摄《魅力门球》！那可是全国门球人的愿望，也是他的愿望。从全国 500 万门球人里选上自己那可是多么骄傲和荣耀啊！他暗下决心绝不能辜负大家的期望，一定要努力地完成任务，交出满意的答卷。

刚过“五一”，他就随同剧组来到山东胜利油田东营黄河钻井三公司门球场，开始了紧张的前期拍摄工作。一同到东营的还有焦兰贵老师、王鲁西老师以及网友逆向锤头、胜利油田的老杨、小孙和小华等人。

一开始他以为拍电视是件好玩的事！可一进入拍摄就发现并不是他想象的那样。导演为了拍好一个满意的镜头一遍遍地折腾人。

就在拍摄工作刚刚过半的时刻，他突然接到家里电话：老母去世。他只好中断拍摄返乡去尽孝……

结 局

2009 年 8 月 8 日是全国门球人难忘的大好日子。大家盼望已久的《魅力门球》终于就要播出啦！

在《魅力门球》热播期间，北戴河煤炭疗养院门球场举办首届网友单双打门球赛。前来参赛的他根本没有想太多。可就是这样一个平常的心态把他推上了最高领奖台。

门球使他的生命得以延续，他将会把他有限的生命全部奉献到门球事业中去！

2012 年初，一个名为“阳春三月团聚霸州”的门球活动在河北霸州举办，发起这项活动的是中国门球网的几名网友，而大鹏鸟就是其中之一。

在 2012 年 10 月举办的中国门球冠军赛总决赛（霸州）上，一条亮丽的风景线就是门球志愿者队伍，而大鹏鸟就是这支志愿者队伍的队长。

大鹏鸟，一个长得高高大大的汉子，一个门球场上的强者，一个颇有人缘的大哥，一个让人喜欢的人。

大鹏鸟，他是门球网友中的佼佼者，愿他大鹏展翅，飞得更高。

门球名人

★ 焦兰贵

焦兰贵，蜚声门坛！是中国第一代门球人中的杰出代表，从帅哥到帅老头，他的故事很多很多。

练 球

2005年底，鲁西兄参加完全国冠军杯总决赛后带队来到河北正定。

他撰文写道：

见面后焦老师让队员们打几杆。看过后说：“这不叫打球。”一句鼓励的话都没有，不但不给里儿（礼）连面儿（面子）都不给。不过由此可以看出焦老师的真诚。

焦兰贵已把球杆练得看成一根线。记得上学时书中有这样一个故事：古时候练射箭者，为了练眼力，每天都看铜钱孔，最后将铜钱孔看成车轮一般大，射靶心时百发百中。焦兰贵把球杆看成一根线也是同理吧。他把杆上的6、7点和槌尾的4、5点及4、5点左右两侧若干点连成若干条线，将沿着这些线引发的撞击而产生的各种奇迹球，变为随时可控制、操作出来的定型动作。这

是门球发展史上的创新。

实地观摩了焦兰贵练球后，他继而写道：

1. 一百个球全部在四角，先做 24 米击球到位、找感觉、熟球性。最后，球全部堆积在一角。

2. 练习轻过一门，每个球都好似醉鬼般晃进一门。百杆过后，我发现门后堆积的球呈“心”形，真是功夫不负有心人。

3. 一门后 5 米撞击一角的球，从被击球的运行轨道观察地面平整情况，从中调整瞄准误差，百球又返回一角。

4. 利用一角边线外的围墙为栏做擦球练习，薄擦、中擦、厚擦，令我惊叹的是七米以上远距离擦球。一般队员练习擦球是 1~2 米，远的 3~4 米难度就够大了，但焦兰贵给我演示了七八米以上的擦球，还真是第一次见到有队员把这列为一项训练科目。

5. 过一门后停 13.5 米处，百杆过后，在二线靠边处又是一堆球。有几个球 因撞柱改变了方向，焦兰贵将它们一一闪送轻靠在球堆的边球，作闪球密贴的训练。在全部训练过程中，他从来没有因某个球在单处而用脚踢过来或使用槌头拉过来，一律以击球、闪击的方式将球归位。

6. 在两米的扇形半径内将球从二线闪回一角，每一杆球的瞄准动作都是全蹲形（这是他规定的标准动作）。起身拿球，在全蹲瞄准一百次，强度之大，不用描述各位心中自会有数。空手做一百个站立、下蹲、腰腿也会有感觉，更不用说除了拿球、放球、瞄准外，还要用双手持棒仔细闪球。

一小时二十分钟六百多杆的第一练习结束，抽支烟，喝口水，说几句话，休息十分钟便又进入第二阶段。

7. 练习擦球，从一角到二角。没有长时间的站位、瞄准、调整，而是快速，轻松出杆。就像国家乒乓球训练基地发球机的出球频率。不是现场实眼看到，真让人难以相信擦球有这样流畅的动作。

8. 十五米撞击球，百球又从二角又返回一角。

八百杆的训练指标上午任务完成。

下午三点到球场，练到五点三十分，又进行了六百杆的单项训练。

七点吃完晚饭后，因有灯光又进行了一小时训练。练习进场压线，十个球为一组，最后每个球都像杂技演员般立在边线上。最为精彩的是快速跳球，正面跳、左侧跳、右侧跳，如行云流水，令人眼花缭乱，让我大饱眼福。上午、下午一千六百多杆的训练，我看个满眼。晨练还没有包括在内。

目睹了焦兰贵过人的训练方式。我觉得焦老师对门球执着地投入、付出和对门球潜心探讨、钻研、摸索，创出了门球的新理论、新理念。焦老师是想把中国门球打造成美国 NBA 式的，让人们感到是一种享受的运动。他希望将自己对门球所研究的收获和感受与全国球友共享。门球人本就是一家人，焦老师发自内心地说：“如果我们的技术水平都提高了，到国际赛场跟外国选手一决高低，为国争光，那才叫真本事呢！”

还是练球

鲁西兄第三次去正定，写的还是老焦练球：

再一次来到焦兰贵老师的正定基地。晚饭后，焦老师递给我两大本训练日志。这是老焦这几个月来每天训练的项目、数量、时间的记载。日复一日、月复一月，雷打不动。看后，我发现每一次来拜访都能看到他在门球技术上的新突破。

第二天早上不到七点，老焦又提着一百个球到球场，投入到一天的训练中。翻阅了焦老师的训练日志，又实地参观了他一天的训练，我有许多感触，就焦老师的击球法和二十年来我国门球的常规击球法，谈一点个人的总结吧。

第一：瞄准方式。

常规：三点一线瞄准法。以他球、自球、锤头中心点三点为基础，正瞄、正撤杆、正击球。锤头面与球接触时为90°。

焦兰贵法：七点瞄准法。从他球、自球到球杆分为七点。根据人体重心的偏差、视觉误差、左右肢体形成的误差及左右手上下握杆发力时产生的误差，一一分析总结后提前予以调整。他采用后视法，通过球杆和锤尾的二点进行瞄准，即所谓的歪瞄正击法。锤头平面与球相击时的角度不是90°。打擦分球时越薄，锤头后移角度越斜，锤头面与球接触时的角度越小，这也是门球中香蕉球形成的原理。

第二：跳球。

常规：锤头击打自球后上部，以反射角的方向擦他球顶端，从而使自球飞跃至目的地。

焦兰贵法：他用快速击球法，让自球擦他球顶端或顶端左右侧任何一个部位，以控制 180° 角内前方任何一位置的对方球的跳跃击球法。

他从手掌、手腕、小臂及大臂等部位用推、砸、挑、提的四种发力法打出跳球，以形成击打效果的多样化。

在闪击等其他方面的创新就不再说了，百说不如一见，而且我的文字介绍也有局限性。

老焦深切地希望能和全国球友广交朋友，共同切磋探讨球艺、球技，为中国门球开创新的天地。

日记里的名人

随着《魅力门球》的播放，本来就出名的焦兰贵更红了。一位参与摄制的工作人员在日记里提到了他：

门球，对我来说是项十分熟悉而又陌生的运动。平日里匆忙走过社区小道时，常常会看见一群大爷、大妈手拿球杆悠然地敲敲打打。没有速度与激情，缺乏活力和对抗，了无生趣。

这回我们到山东东营拍摄推广门球的教学节目。在来的路上我一点创作欲望也没。以往拍摄《野钓全攻略》和《飞舞萨尔萨》时，我都是会很兴奋的。

现场给我印象最深的是门球教练——持一口浓重河北普通话的焦兰贵。

在规则中，门球这个项目是需要依次过三个门和撞一次中柱来完成得分的，其中过一门是最基础也是最关键的一环。老焦用手绢蒙上眼睛，过一门。打了十来次，命中率为百分之百。此外，还专门讲了如何命中10米，甚至15米外的长距离球。在此之前，我一直觉得门球没法做到精确控制，远距离击球纯属靠感觉——其实就是靠蒙。可是没想到，别说打15米球，就是20米球，教练的命中率竟能十之八九。

还有更神的——他用一种叫逆向锤头的坡型杆来打球，竟然使自球击中它球后能有明显的向后旋转，为下一杆做好走位。

其实门球的战术有点像冰壶，也是要把对方的球尽量打走，使自己的球留下。同时规则和打法上又有点像台球，可以缩杆，可以走位，同时最关键的一点——过门，如同台球的落袋。

尽管是在拍摄，这帮老爷子打起来仍然是两眼放光，极度陶醉。我服了。户外、阳光、草地、战术、较劲、喝彩。面对这样一群痴迷其中的长辈，我对门球也有了一种特殊的感情。

南阳黑马

★ 刘春芳

南阳，因为羊年的首个全国大赛吸引了很多门球人的目光。

“南阳诸葛庐，西蜀子云亭”，南阳，是当年诸葛亮居住的地方，是个人才辈出的地方。

南阳，是门球名人杨栋的家乡。

2015 年 3 月 16 日，南阳大赛落幕。

在来自全国 21 个省份、190 名单打选手参加的比赛中，有一个名字辉煌耀眼——刘春芳，一个很“女人”的名字。他在这场比赛中一战成名天下知。

南阳冠军

南阳单打八强

1. 刘春芳　江西
2. 甄　立　陕西

3. 马卫平　山东

4. 何　平　河南

5. 安连根　山西

6. 刘国军　河南

7. 赵晋军　山西

8. 武建新　河南

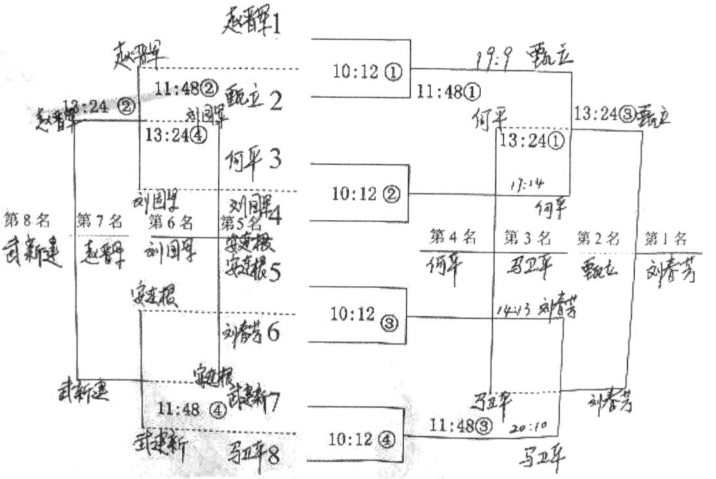

第三阶段单打 1-8 名淘汰附加赛

获奖选手合影。左起：刘春芳、甄立、马卫平、何平、安连根、刘国军、赵晋军、武建新

复赛历程

人们都知道，门球大赛的复赛最难打，因为是现场抽签定位，对手和场地都是听天由命。

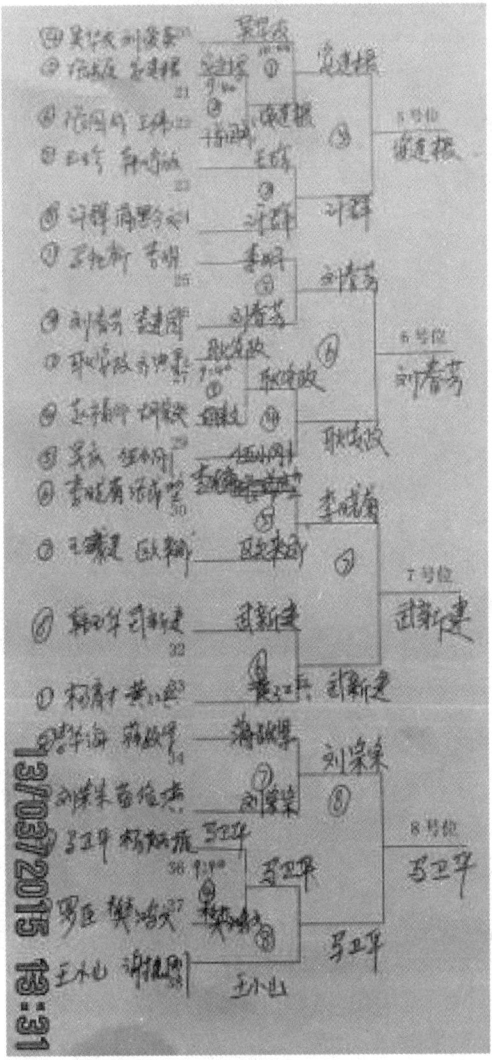

本届南阳大赛中，球王李兰贵、张建成以及很多省市的球王、球星及很多高手，都在这个阶段停止了前进的脚步。

预赛结束后，38个小组前两名，共计76人参加抽签。

刘春芳抽签抽到了下半区。

摆在他面前的只有一条路：只有三战全胜，才能进入6号位，争前八的一个名额。

76进32，战胜李建国。

没有遇到抢号，32进16，碰上了刚战胜了马社新的李明。对决中，刘春芳胜出。

16 进 8，碰上了年轻选手耿安政。在此之前，耿安政刚战胜了齐典录，他在抢号战还战胜胡宗文和随后遇到的四川好手伍小刚。依照赛程，这场关键球采用上下半时制。上下半时结束后，刘春芳胜出，进入八强下半区 6 号位。

回顾预赛

190 名选手，编了 38 个小组，5 个人一个组，每人 4 场球。刘春芳被编在 12 组。

看到这个组的编排后，现场和网上很多人以为刘春芳运气不错，会顺利通过预赛。

接下来的发展验证了这一点。

预赛首战大胜冯一全，次战战胜赵晋军。

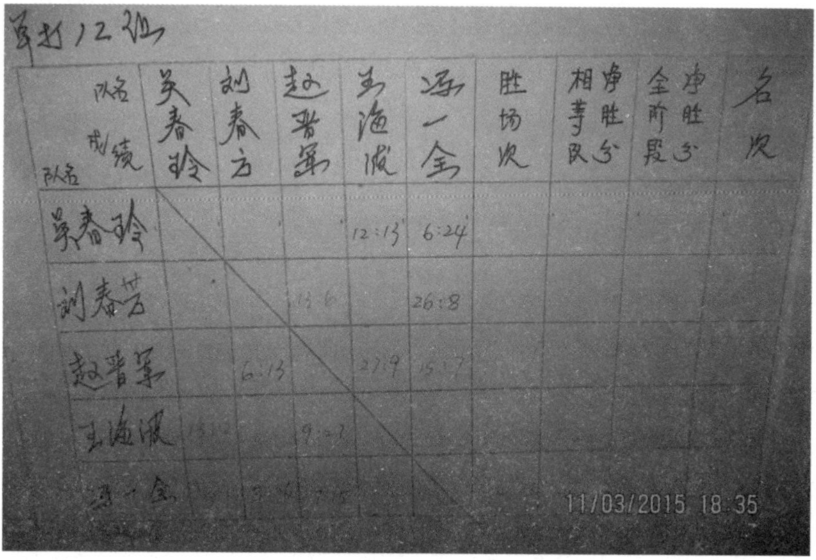

3 月 11 日单打预赛成绩表

在接下来的比赛中他只要再赢下一场就晋级复赛。

刘春芳第三场胜王海波，最后一场胜四川吴春玲。

他预赛四战四胜，以小组第一强势晋级。

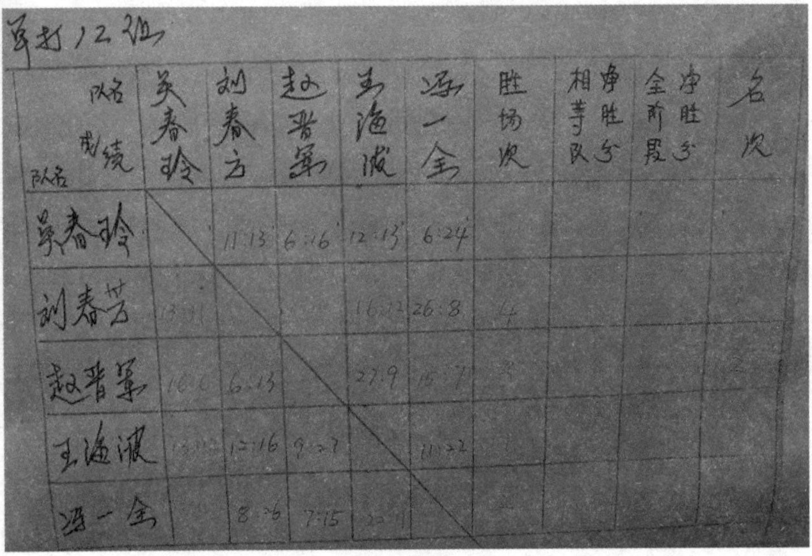

单打12组

队名 成绩 队名	吴春玲	刘春方	赵晋第	王海波	冯一金	胜场次	相等队净胜分	全所段净胜分	名次
吴春玲		11:13	6:16	12:13	6:24				
刘春芳	[illegible]		[illegible]	16:12	26:8	4			
赵晋第	[illegible]	6:13		27:9	15:7	[illegible]			[illegible]
王海波	[illegible]	12:16	9:27		11:22	[illegible]			
冯一金		8:26	7:15	[illegible]					

小组预赛比分表

创造记录

190 人的规模，应该说规模不小了。

而且他们是来自全国 21 个省份，这阵势的确是名副其实的全国门球邀请赛，是羊年全国的第一个大赛。

请看这次赛事的阵容。

资料一　参赛人员范围

1. 北京　雾灵山豹

2. 天津　何义等

3. 河北　李守才等

4. 山西　杨麦娟等

5. 吉林　罗臣等

6. 黑龙江　王伟等

7. 上海　涨停板

8. 安徽　张崇祥等

9. 江西　刘春芳等

10. 山东　马卫平

11. 河南　宋超峰等

12. 湖北　范晓东等

13. 湖南　邓晓斌等

14. 广东　刘宗宗等

15. 广西　蒋跃军等

16. 重庆　熊莉等

17. 四川　吴庆等

18. 贵州　蒲黔文等

19. 云南　朱付林等

20. 陕西　姜林等

21. 新疆　孟祥兴等

单打 190 人

资料二　“绿舒坦杯”2015 年南阳全国门球赛邀请赛单打分组表

签位 组别	1 号	2 号	3 号	4 号	5 号
1 组	马社新	周志华	任延华	李德明	张海明
2 组	马万通	管屹宏	张东红	颜　勇	陈启友
3 组	马守财	欧来成	马卫平	董　红	王志坚
4 组	高明钦	刘华民	王战军	张银安	冯胜利
5 组	郭建伟	刘爱英	范晓东	王　珍	宋成刚
6 组	马恩山	耿安政	李小龙	李书建	王乐明
7 组	吴　庆	齐典录	马玲	杨少文	蒋玉芬
8 组	吴华友	段庆龙	郭志刚	寇育照	赵海军
9 组	曾朝霞	李守才	杨炳振	邓晓斌	沈保平
10 组	彭斌	廖毅	安连根	蒋长东	张建成
11 组	韩玉华	张爱方	黄伟	武新建	李国强
12 组	吴春玲	刘春方	赵晋军	王海波	冯一全
13 组	杨武林	何广树	周艳宝	吴金柱	陈义洪
14 组	赵福印	何　义	王建龙	郝平海	谢九刚
15 组	宋祚连	邓显慧	王　冰	葛凤兰	霍振西
16 组	于爱国	陈鸿涛	姜　林	李　敏	王万春

组别＼签位	1号	2号	3号	4号	5号
17组	刘贵海	郜　奇	候秀芹	张　伟	伍小刚
18组	贾仕政	郭云霞	李兰贵	董信春	潘祖培
19组	李瑞茗	胡正安	彭庆兰	任玉成	朱伟平
20组	王铁洲	张鹏飞	李晓菊	陈管福	宋华锋
21组	张彧堃	邵欠霞	黄兆强	宋松岩	董庆忠
22组	王铁建	李建国	朱祥军	张崇祥	唐良淑
23组	韩鸣放	郭举能	张　琨	李正翠	周德军
24组	许和平	刘景国	甄　立	刘宗宗	朱玉洁
25组	汤亚凡	李运忠	石　头	朱付林	刘忠慧
26组	蒋成伟	许群	孟祥兴	李　明	马占琨
27组	刘耀铮	唐显春	刘春发	杨志海	王春光
28组	邵荣平	赵留勤	任强	文继学	赵剑锋
29组	张书臣	张贵成	门仕仲	周美华	王永明
30组	郭运斌	罗臣	蒋登云	吴苏平	胡建刚
31组	何　平	黄庆玉	梅卫民	梁　涛	江同三
32组	熊　莉	王　伟	龚丽云	王小山	张书岚
33组	赵爱国	浦黔文	李贵来	张国成	宋超峰
34组	耿进江	李长宏	蒋跃军	刘国军	刘梅玲
35组	冯国强	胡保华	季成彪	杨领全	石荣臣

签位 组别	1号	2号	3号	4号	5号
36组	李向忠	杨育才	赵庭学	吕小荣	苗俭洪
37组	胡宗文	马友华	李华海	马晋平	李志宏
38组	郑新安	陈先云	陈建平	藏杰田	黄红兵

刘春芳在南阳共打了10场球，其中16进8打的是上下半时制。

1. 预赛第一场，大比分胜冯一全。

2. 预赛第二场，胜本组内强手赵晋军。

3. 预赛第三场，胜王海波。

4. 预赛最后一场，胜四川吴春玲。

5.76进32，淘汰李建国。

6.32进16，淘汰李明。

7.16进8，上下半时制，淘汰耿安政。

8.8进4，淘汰山西安连根。

9. 半决赛，胜山东马卫平。

10. 决赛，胜陕西甄立。

十战十胜，捧得冠军杯。

纪录产生了，阿芳是到南阳参加单打赛190人之中唯一保持不败的选手。

阜阳状元

★ 张建成

2017年。安徽阜阳。来自全国各地的192名门球选手云集此地。

一场大战硝烟散尽，一个名字刻在了人们的记忆中——张建成。

单打、双打、团体预赛结束后，三个项目皆进入前八的选手只有两位：河南张建成、江西刘春芳。

这两个人，是所有参赛人员中功力、运气最好的。

单打、双打、团体前八名中，进行一次抽签，对阵表是在4月4日临近中午时分才出来的，决赛安排在了文峰公园。

张建成是从文峰公园赛场上一路走上来的。

刘春芳是从颍东公园赛场上一路走上来的。

从场地因素说，张建成的运气要比刘春芳好一些。

很多人希望看到张建成和刘春芳之间的巅峰对决。

最后的结果出来后，刘春芳拿到

单打第五名、双打第五名、团体第三名。张建成拿到单打冠军、双打冠军、团体亚军。

阜阳赛事单打项目，文峰公园晋级八强的是：

巴音朝格图　内蒙古

李庆华　湖南

张建成　河南

阿拉腾　内蒙古

阜阳赛事单打项目，颍东公园晋级八强的是：

欧来成　湖南

彭佩钦　安徽

马超喜　江苏

刘春芳　江西

阜阳赛事双打预赛、复赛结束后，文峰赛场晋级八强的是：

河南　张建成组合

湖南　齐昌友组合

河南　王铁州组合

山东　马卫平组合

阜阳赛事双打预赛、复赛结束后，颍东赛场晋级八强的是：

河南　刘贵海组合

江西　刘春芳组合

湖北　耿安政组合

安徽　綦振湖组合

阜阳赛事三人团体项目，文峰赛场晋级的是：

曾爱民队　湖北

张建成队　河南

王铁州队　河南

马卫平队　山东

阜阳赛事三人团体项目，颍东赛场晋级的是：

刘春芳队　联队

王卫东队　河南

齐典录队　河南

甄小卯队　联队

2017 年 4 月 4 日，安徽阜阳文峰公园四连片门球场，单打 8 进 4 开始了，对阵的双方是：

一场地

河南张建成——内蒙古巴音朝格图

二场地

江西刘春芳——江苏马超喜

三场地

湖南李庆华——安徽彭佩钦

四场地

湖南欧来成——内蒙古阿拉腾

这场比赛后，刘春芳止步，而张建成经过点球大战，战胜了对手。最终进入四强的是张建成、马朝喜、李庆华和欧来成。

双打八进四，张建成和杨栋搭档获胜，刘春芳和任燕搭档落败。

团体八进四，张建成队和刘春芳队获胜，进入半决赛。

单打半决赛开始了，对阵的双方是：

一场地

河南张建成——江苏马超喜

四场地

湖南李庆华——湖南欧来成

张建成战胜了马朝喜。决赛对手是湖南李庆华。

接下来的双打半决赛，张建成获胜。

团体半决赛，张建成队和刘春芳队相遇，张建成队获胜。

接下来的单打决赛，是张建成连续作战的第七场比赛。

经过鏖战，张建成成功登顶，获得单打冠军。

由于下雨，赛会组委会停止了将在一场地举行的双打决赛和团体决赛。

第八场，张建成的双打决赛抽签获冠军。

第九场，张建成所在的团体决赛抽签获亚军。

追溯张建成的门球经历，要从 2009 年说起。

2009 年，中国门协在河北北戴河举办官网论坛网友赛，张建成在单打预赛中和唐老鸭相遇，比赛进行到 21 分钟时，他以一场漂亮的满堂红结束战斗。

2011 年，河北霸州海润精英赛上，张建成激战福建高手林闵仲，在形势非常不利的局势下，绝地反击，实现惊天大逆转。

2012 年，山西太谷举办的大赛中，张建成在山西的土地上战胜郭博、李兰贵后获得单打冠军。

2014 年，山西绛县虎踞庄园，第九届门球王争霸赛，张建成荣获球王桂冠。

2015 年，安徽黄山，中国门球网黄山论剑基地单打大赛，张建成在预赛输掉第一场球后，连续作战，在复活组重新打入正赛，连赢多场后荣获冠军。

2016 年，张建成参加河南塞主粮征战中国门球联赛，获得联赛亚军。

2017 年，张建成在安徽阜阳 192 名单打高手参加的赛事中，预赛小组晋级后，连过刘强、李地、吕小荣后进入八强，又连过巴音朝格图、马朝喜、李庆华后荣获单打冠军。

十年磨一剑，出剑必有斩获，用此来形容张建成并不为过。

此次阜阳大赛，单打方面可谓是高手众多，曾获得过全国单打冠军的就有十一人之多。其中有：

被誉为小吕飞刀的吕小荣

门坛第一快枪手万之正

读者杯冠军张书臣

霸州精英赛冠军张银安

中冠赛冠军教头李守才

贵州女王任燕

江西王刘春芳

天津王何义

浙江王甄小卯

两届读者杯单打冠军黄红兵

打教裁组综合型高手范晓东

吉林高手罗臣

黑龙江球王刘伟

青岛高手马卫平

胜利油田高手由学跃等

海南王张志仁

湖北高手曾爱民、耿安政、何月生等

湖南高手欧来成、曾志、邓晓斌、黎文平等

内蒙古高手巴音朝格图、王淑琴等

山西高手彭庆兰、李术林等

河南高手杨栋、王卫东、张诺、王铁州、刘贵海等

安徽高手张崇祥、綦振湖、巴启强等

群星璀璨，不胜枚举，笑傲群雄者，张建成也。

第三章

风云际会门球赛

霸州 2011 京南网友赛

赛 况

2011 年 6 月 18—19 日，“京南门球网友赛”在有着门球之乡之称的廊坊市霸州隆重开幕。比赛吸引了来自全国各地的近百名门球网友前来参赛，他们将在两天内向单、双打冠军发起冲击。

6 月 17 日晚上 7 点 30 分，组委会主持赛前预备会，组委会成员由涿州的门球狂人、北京的灿烂、天津的球球新人、廊坊的华油人组成。

当晚，门球狂人首先讲解了赛事规程及有关安排、中青年组实行的规则（狂人八条）和本次赛事实行的新赛制（小组佩奇制），接着由各片代表监督参与进行现场抽签编组。预备会一直进行到晚上 11 点 30 分。

此次比赛共有 48 个队参加双打，44 个队参加老年组单打，36 个队参加中青年组单打，共计 128 个队分别进行编组和对阵。除京、津、冀门球网友外，海南、深圳、四川、湖北、河南、新疆、内蒙古七个省、市、自治区的门球网友到会参赛。

此次比赛设单、双打，网上自愿登记报名，实行“三不一带”和“四大自由”，即不收报名费、不发纪念品、不搞招待、自带裁判和自愿参赛、自由组合、食宿自理、安全自负。

单打老年组要求男60岁女55岁及以上，双打不限年龄性别，自由组合。此次比赛为期两天，预赛采用分组或小组佩奇制，复、决赛采用淘汰制，上届比赛的冠军不参加小组赛，直接进入复赛，抽签编组由裁判长组织安排。此次比赛设在全国体育先进县，刚刚落成的霸州海润俱乐部门球场举行。

毗连京津的廊坊霸州市，把体育产业作为发展现代服务业的重要抓手，投资数千万建成国内最大的门球基地。霸州的门球文化日益成为当地最闪亮的名片，霸州门球基地的建成更是中国门球的希望。

战 果

本次大赛精彩纷呈，来自全国各地的一百余名网友齐聚一堂，他们不畏酷暑，力拔头筹，为我们带来了一场又一场视觉盛宴。本次比赛是网友间的联谊赛，虽然之前都未曾谋面，但大家相聚一起好像久别重逢的老朋友。

6月19日，比赛圆满落下了帷幕，来自天津的球球新人、heyi荣登双打冠军宝座；来自廊坊的赵玉书、霸州西录荣获亚军；来自廊坊的杨老令公、郭忠营获得第三名。

老年组单打最终名次依次为：冠军保定的王万德、亚军霸州的邸荣、季军华油的樊树奇。

中青年组单打的冠军是廊坊的万之正，亚军是天津的尤凤臣，季军是北京的王玉敏。

此次比赛可谓赛出了风格，赛出了门球人的精神，希望通过本次比赛能够让更多门球人参与到门球运动中来，把门球事业越做越大！

海润俱乐部精英赛综述

前　奏

2011 年 8 月 26—30 日，首届龙胄杯海润俱乐部会员门球单打精英赛在霸州门球基地隆重举行，来自全国 18 个省市的 72 名门坛高手参加了本次比赛。这些队员均是历届全国锦标赛、体育运动大会门球赛、中国门球冠军杯总决赛等团体前三名成员和世界门球锦标赛代表队的队员及全国门球单打前八名选手，还有一部分是与海润俱乐部有着亲密关系的特邀选手。他们带着金、银、铜牌的耀眼光环前来霸州门球基地参加比赛，使得八月下旬的霸州一片“星光灿烂”。

据悉，海润俱乐部于 8 月 8 日晚 11 时 10 分在中国门球网发布俱乐部会员门球单打精英赛的通知，比赛限报 64 人。8 月 10 日 10 时 51 分，该俱乐部即在中国门球网发出“报名已满”的通知，整个报名时间不足 48 个小时。报名结束后，仍有不少门球队员跟帖要求参赛，海润俱乐部考虑到广大会员迫切要求参赛的热情，将名额增至 72 名。

此次比赛结果将决定俱乐部会员排名、下届参赛资格和分组。前 32 名为甲组、后 40 名为乙组，甲组前八名可获奖励，乙组有下届升组资格。比赛第一阶段采取小组单循环的方式，每组 9 人，

1至4名进入甲组，5至9名进入乙组。分组抽签后进行小组循环赛。甲组32进16、16进8、8进4、4进2均采用三局二胜制，决赛采用五局三胜制，先胜三场者获冠军。余外比赛均为一局决胜，打出排名用于下届升组和届中挑战赛。

8月26日晚7时30分，大赛组委会在“海润门球俱乐部”一楼餐厅举行了赛前联席会和现场抽签。首先，霸州市原人大主任、门球基地的“总设计师”陈国英介绍了基地的建设和大赛的筹备情况，他要求队员做到文明比赛，赛出风格和水平；接着，总裁判长张文明讲解了竞赛规则，即执行2009年的25分满分制，取消双杆，充分发挥个人的撞、擦、闪、顶功力，打出高水平；然后，仲裁副主任“胡杨”讲了三点：1. 希望场上没有纠纷；2. 及时申述；3. 尊重裁判。尔后，球王徐卫国发言，他号召全体参赛队员做到文明比赛，尊重裁判的双文明，表现出最好的精神文明和竞技水平。最后，裁判组对72名参赛队员进行了现场抽签，排出了比赛的分组及顺序。

高 潮

2011年8月27日早7时，在八块场地上，赛事全面展开。上午9时，比赛举行了简短的开幕式。开幕式由陈国英主席主持。

首场比赛中，来自山西的李志明以25:9提前五分钟结束战斗。而后，河北的李守才以25:5获胜，河南的宋超峰以25:7获胜，山东的孔凡会以2:5获胜，北京的王树军以25:5获胜，首日比赛出现了五场“满堂红”。

名将李兰贵开赛后，首场以点球负于翟文娟，次场以8:13负于刘强，第三场才尝胜果；2010滨州单打冠军赵广军竟三场连败；球风稳健的华油王全宁、河南孙洪文、湖南吕小荣、球王许卫国均获得三连胜；北京王树军、河北焦兰贵均三胜一负。

此次比赛，高手如云，此前被广大门球人看好的徐卫国、李兰贵、文继学、刘长春等名将在 16 进 8 的比赛中纷纷落马，足可见此次赛事的激烈程度。

经过三天的激烈角逐， 8 月 30 日下午，比赛圆满落下帷幕。来自河南南阳的杨栋一路过关斩将获得冠军，来自河北廊坊的“黑马”马卫东一战成名获得亚军，重庆名将刘贤获得季军。获得第 4~8 名的队员依次是：张建成（河南郑州）、唐心辉（霸州海润）、林闵仲（霸州海润）、马卫平（山东青岛）、王玉敏（北京丰台）。

有门球网友评论说，此次比赛对推动全国门球运动发展、提高门球竞技水平具有重要意义；更有网友夸赞说，此次大赛，展示了中国竞技门球的无限魅力，标志着中国门球运动步入一个新的阶段，可喜可贺！愿霸州门球基地不断给门球人带来惊喜！

特　点

准备充分，参赛人员踊跃。霸州海润俱乐部为此次赛事做了认真的准备，网上发出通知后，两天内超额完成报名。

俱乐部运作，开历史之先河。此次赛事，是霸州海润俱乐部的一大杰作。俱乐部充分运用其自身优势，紧密合作商家及媒体，尤其是在裁判使用方面，依靠周边兄弟地区，调集了 60 余名等级裁判员，顺利完成了所有赛事。

参赛面广，到位参赛人员“级别”高。涉及 18 个省市、两个行业体协，共计 72 名高手参加了赛事。参赛人员几乎囊括了近些年中国门坛的“高级别”球星。一连串的响亮名字令赛会大放光彩。

赛制新颖，二阶段后的多局制受欢迎。72 位选手抽签编为 8

个小组，小组循环赛，取小组前四名进入二阶段；二阶段抽签定位，三局两胜制决出前 16 名；16 进 8、8 进 4、4 进 2，均采用三局两胜制；决赛采用五局三胜制。

奖金额度高。冠军获 18000 元，亚军 10000 元，季军 6000 元，是迄今为止门球单项赛事中奖金较高的。

参赛人员普遍年轻化。参赛人员中，70 岁以上仅有 1 人；60 岁以上不超过 10 人；50 岁以下占多数。前八名均在 55 岁以下。

"无双"打法。此次赛事，执行 09 规则、无双杆。在无双杆球的情况下，比赛双方更显功力，对技术要求更高。四天赛事，精彩不断，观战者大饱眼福。

组织严密，安排合理。赛会工作人员认真负责，未出现任何争议，仲裁委全体"失业"。

赛会志愿者踊跃。来自多个省份的志愿者担负起了宣传报道的重任，很多人携带摄像机及照相器材到赛会，多位参赛者也参与了报道。

中国门球网全程、全方位做了报道。关于赛事各种图文及视频报道均创该网历史最高记录。

启　示

"航母"起航。拥有沙土场、天然草、人造草，露天、大棚、室内共计 20 块门球场且功能齐全的霸州门球基地之所以被称为"航母"，除建设规模外，它的配套设施也较为齐全。500 人不出"院"（基地），千人不出"圈"（海润），一条龙服务，大大减轻了办赛成本。

高地、洼地说。所谓高地，是指海润俱乐部有远大的理想，建一流的场地，办一流的赛事，创一流的水平；此次赛事，是他们在全国范围内的闪亮登场，是门球赛事的一个新的高度。所谓洼地，是指海润俱乐部面向全国，广纳人才，吸引门球人“流向”霸州。

改革创新，开拓进取。办赛没有墨守成规，不唯书，不唯上。无双杆、多局制，是海润在探索门球发展道路上走出的一步。我们从此次赛事中看到了海润对门球发展的不懈追求。

提升了门球品味。长期以来，困扰门球发展的“老、慢、吵”及“黑马遍地，偶然性大”弊病有了改观。

“两观论”。所谓两观论，是海润的发明。一是观众。门球的发展离不开观众。海润怎么做的呢？办赛通知中，首次把观众接待列入其中。二是观赏性。吸收个性极强的唐老鸭、毛毛雨、林闵仲加盟海润俱乐部参赛。这中间的用心恐怕不会被很多人理解。海润门球俱乐部的终极目标是在推动门球普及的同时，打造中国门球超级联赛。门超，需要的条件很多，其中观众和观赏性是必不可少的。

激发了门球人的热情。霸州赛事伊始，吸引了很多门球人的眼球；赛中，调足了很多门球人的胃口；赛后，引起了很多门球人的“热议”。

基地经受了“冶炼”。5 月京南网友赛时，基地只是提供后勤保障，赛事是由京南网友组联委负责；6 月廊坊市门球锦标赛，基地只是协办；此次，基地是全面负责赛事，经历了一次考验。经过努力，赛事圆满落幕。对办赛进行总结，为以后做出谋划，相信海润会不断成长壮大。

前程似锦。源于民间，追求一流，服务门球人，为门球的发展搭建平台。海润，走出了可喜的一步。门球的发展，呼唤着更多的类似海润的门球实体出现。祝霸州海润，前程似锦，光辉灿烂。

第十届世锦赛

第十届世界门球锦标赛现场

第十届世界门球锦标赛，我们将冠军杯留在了中国，将金、银、铜牌囊括，我们开创了中国门球的新纪元。在与世界的竞争中，我们无愧于民族，无愧于祖国。

镜头收录了难忘的时刻。

镜头之一

2010 年 9 月 19 日下午 16 时

中国上海浦东高东门球主题公园第 9 号场地

第十届世界门球锦标赛中国福建省队对阵中国云南黎明队。

开赛锣声响起。

刚刚进行完半决赛，福建省队胜河南省郑州永通特钢队、云南黎明队胜广东中山石歧张溪郑二小学队，两个并列第三已定，铜牌已尽归我们。

决赛已是两支中国队的表演。

中国门协科学技术委员会副主任王鲁西先生以“梦之战”为题对决赛作了如下描述：

2010年世界门球锦标赛中国兵团将冠军杯牢牢地锁定在手中，冠亚军之争在2010年9月19日下午4时由福建队与云南黎明队拉开战幕。（福建队执红，云南队执白。临场主裁：阿部忠孝；副裁：原田智启；记录：古崎邦夫。）

从第一轮红方1号队员精确的占位，到第二轮白方4号队员做防守布阵时，闪送自球到边线的到位和教练员战术的严谨，让人们体味出双方教练的老练、队员技术的娴熟。第三轮中，红方1号队员用撞击后的自球，闪撞自方球，为1球的擦球造角调位，更让人领略了队员思维的机敏和技巧球的功底。比赛进行到中局时，红方7号队员四米球击空，白方抓住这次机会，8号队员进一门后借助接力的6球，擦向红方聚集地，将红方一网打尽。在最后5分钟里，白方看到1球在一角压线，为了抢分，将白球全部运到二门，想以侥幸的心理躲过对方的一次进攻。大意失荆州，白方非但没有躲过，反而将到手的金杯拱手让给了对方。红方1号队员十七米的远距离击球，将二门前的白球捕获，创造了一次世纪波，这一杆力挽狂澜，在最后时刻扭转败局，将第十届世界锦标赛的冠军收入福建队囊中。

最后5分钟的结局是很值得推敲的。白方用6球的双杆将二门零号位的9球击出界外，这已经就奠定了胜局。8球在三门将10、2等球撞击后送到二门得分，然后将白球在二门前后靠边接组，即可坐等胜利。因为在二门将比分差距拉大，同时红方3、5、9球都在界外，对于白方而言，形势一片大好。然而，白方没有及时往二门送球，而是在三门前为10球摆双杆，10号队员没能击出双杆，功亏一篑。

云南队2007年在包头全国锦标赛初次亮相便夺得亚军，2009年高东国际邀请赛又将冠军收入囊中。

福建队是我国门球运动中的一支劲旅，曾荣获了第二届全国体育运动大会冠军、2009年全国锦标赛冠军、2001年在日本秋田举办的第六届世界体育运动会的铜牌、2000年亚洲锦标赛冠军。

"亚细亚"王者之称的郑发榕在决赛的最后阶段立奇功，完全可以再给他冠名"世界门球先生"。

鲁西的文章写得很好。

镜头之二

闭幕式发奖。

中国门球从1986年参加第一届世锦赛起24年无金牌的历史结束了。

中国开展门球运动24年来，第一次站上世界门球最高领奖台，而且是包揽金、银、铜牌。历史性的突破，凝聚了中国门球人几代人的心血。

世界门联及中国门协官员、各参赛国家和地区的官员向获奖的中国球队表示祝贺。

众官员与获奖队合影。

福建省队员激动得欢呼雀跃。

2010年9月19日，中国门球人的不眠之夜。

中国门球，扬眉吐气！

镜头之三

2006年，在第九届世界门球锦标赛后，时任中国门球协会秘书长的张娜在接受记者采访时说：

“参加在韩国举办的世锦赛给了我全新的认识，在拿到世锦赛秩序册后，我居然从历届世界门球锦标赛前四名的榜单中没有发现中国的名字，这对于一个有着500万门球人的大国来说是不可想象的。在国内我经常听到有人说，中国的门球多么多么地普及，水平多么多么地高，但真正能够检验一个国家门球实力的是什么？是世锦赛。中国门球不仅承载着大众健身的要求，还担负着为国争光的任务。

“所以，如何能够参加好第九届世界门球锦标赛，不辜负祖国和门球人的期望，是摆在全体参赛人员面前的一个挑战，大家互相鼓励，并肩作战，尤其是中国门球协会组建国家集训队——深圳龙岗队获第三名的成绩也使得中国在世界门球锦标赛的历史上留下了浓重的一笔，为国争了光。中国的名字写在了世界门球锦标赛的荣誉榜上。”

四年后的2010“浦东—高东杯”第十届世界门球锦标赛有13个国家和地区的92支门球队参加比赛。时任中国门球协会秘书长古桥毫不隐藏自己对世界冠军的渴望，提出上海世锦赛的目标：要在家门口夺冠。

为选派国内参赛的门球队伍，中国门球协会于6月2—5日在北戴河举行世锦赛选拔赛，在参加全国锦标赛的34支队伍中，选取获得前12名的队伍，加上承办地的队伍，中国有16支门球队亮相第十届世界门球锦标赛。

古桥表示，目前我国的门球发展速度在世界是最快的，门球人口也是世界最多的，但在进行的前 9 届世锦赛上，中国队都没有拿到过冠军，不能不说是一个遗憾。如今，世锦赛来到中国，对中国门球的发展来说是一个非常好的机会，我们可以选拔我们国内最好的队伍参加角逐。我们的世锦赛目标只有一个，就是要夺取冠军，圆我们几代门球人一个世界冠军的梦想。

张娜、古桥以及 500 万门球人的不懈努力得以回报。中国门球的发展进入了一个新的阶段。

镜头之四

我国内地有 16 支队伍角逐世锦赛，分别是：

重庆市队

福建省队

广东松岗队

河北廊坊队

湖北省队

江西南昌大学队

上海高东队

上海虹桥青年队

上海卢湾吉成队

山西临汾队

中国石化胜利油田队

天津市队

厦门思明队

云南黎明队

广东中山石岐张溪郑二小学队

河南省郑州永通特钢队

92 支参赛队，分成 23 个组。

4 支队一组，取小组第一出线。

小组赛毕，16 支中国队有 15 支以小组第一出线进入 24 强。

其中江西南昌大学、河南省郑州永通特钢队、中国石化胜利油田队、上海高东队、河北廊坊队五支队轮空，同在上半区直接进入 16 强。

山西临汾队、厦门思明队、重庆市队、日本小松岛队四支队在下半区直接进入 16 强。

24 进 16 有七场淘汰赛：

上半区

广东松岗——香港一队

福建省队——台北新竹

湖北省队——日本 TKE

下半区

巴西 8 队——日本静冈

广东张溪郑二小学——日本 JPN

云南黎明队——日本大阪

天津市队——上海虹桥青年队

前 16 强中，中国队占了 13 席，日本两席，巴西一席。

镜头之五

16 强对阵：

上半区

江西南昌大学——广东松岗

河南省郑州永通特钢队——中国石化胜利油田队

上海高东队——福建省队

河北廊坊队——日本 TKE 队

下半区

山西临汾队——巴西 8 队

广东张溪郑二小学——厦门思明队

云南黎明队——重庆市队

天津市队——日本小松岛队

关键的三场中外淘汰战，除河北廊坊队在场面占优情况下，最后一杆被日本 TKE 队翻盘惜败外，山西临汾队战胜巴西 8 队，天津市队战胜日本小松岛队。

中国球队在前八席中占了七席。

镜头之六

八进四对阵：

上半区

广东松岗——河南省郑州永通特钢队

福建省队——日本 TKE 队

下半区

山西临汾队——广东张溪郑二小学

云南黎明队——天津市队

最终，河南省郑州永通特钢队、福建省队、广东张溪郑二小学、云南黎明队进入四强，进行半决赛。

半决赛、决赛成了中国队的表演赛。

最后，河南省郑州永通特钢队、广东张溪郑二小学队并列第三，获得铜牌。

云南黎明队获得银牌。

福建省队获得金牌。

镜头之七

路凡以“世锦赛后的思考”为题在中国门球官方网站论坛发表言论：

在国家体育总局社体中心、中国门球协会、上海市政府、上海市门球协会的坚强有力的领导下，在浦东新区高东镇政府的大力支持下，在全体参赛队员和裁判员、工作人员的努力下，第十届世界门球锦标赛终于圆满地落下了帷幕，中国包揽了金、银、铜全部奖牌，从而结束了中国在世锦赛上没有金、银牌的历史。第十届世锦赛是世锦赛历史上组织最好、参赛国家和地区最多、年龄跨度最大、比赛场地最好、主办国为比赛投入的资金最多、竞技水平最高、裁判队伍最强、门球文化体现最好、门球比赛观众最多最热情、网友自发组织网友观摩团最新鲜、媒体报道队伍最宏大、门球志愿者服务最好、得奖牌的队伍最年轻、中国代表团取得历史上最好战绩的一次可以载入世界门球运动史册的世界门球盛会，更令世人感动的是上海世锦赛与上海世博会同行，世界第一座门球博览馆在世锦赛开幕当日开馆，令 500 万门球人无不为之骄傲，无不欢呼雀跃。

中国门球已经走进新时代，我们伟大的祖国正在由门球大国向门球强国迈进。许多宝贵的经验、许多动人的事迹值得我们大书特书，值得我们好好总结，好好表彰。

还有，很重要的任务是通过这次世锦赛，在总结经验的同时，找到如何使中国门球运动快速发展的路径，如门球队伍的结构问题、各基层门协的组织发展问题、门球运动的资金问题，门球的康乐与竞技、中国特色与国际接轨等问题，我们的领导、专家、大赛参与者，都将从世锦赛中得到最新的感悟，会有更深层次的思考，这是最宝贵的经验和精神财富。500 万门球人也从这次世锦赛中受到极大的鼓舞，也会为更好地推动中国门球运动出自己的一份力。

网友论坛的 1000 多位网友，可以说是中国门球界的精英。这里有门球运动的专家，有各级门协的领导，有身怀绝技、在国内外大赛中取得优异成绩的门球强将，有世界一流的裁判员，有新时代最可爱的门球人——裁判志愿者，更多的是热爱门球有着中国门球情结的常年活跃在门球场上的门球人，真可谓藏龙卧虎。这次网友自发组织网友观摩团，在世锦赛历史上也是绝无仅有的。这些最有发言权的人都来为中国的门球运动建言献策，何愁中国的门球运动不会迎来更辉煌的时代。

路凡的上述言论，说得很好。

中国门球，成绩巨大、前景辉煌、任重道远！

一个非奥运项目的辉煌，与很多成熟运动项目相比，其影响力有着较大的区别。但是，我们为它拼搏了，为它努力了，为它付出了，我们无怨无悔！我们骄傲自豪！我们共享门球欢乐！

万庄大捷

2009年10月21日，由河北省门球协会主办，中国石油华北油田公司承办，中国石油华北油田公司体委、中国石油华北油田门球协会、中国石油华北油田公司华兴服务处（即万庄）协办的中日友好第十七届“燕山杯”门球大会在河北省廊坊市华油万庄基地举行。

华油参赛5支队伍，日本派来3支队伍，8支队大循环决出一至八名。最后结果如狂人赛前所料，华油获前五名，日本获后三名。

赛后，狂人将本人发帖稍加整理附后：

在沙土地和人造草坪场上，中日不在一个水平上，如此状况和他玩，他输得起，我们玩不起。现在就要研究中国门球NBA，搞我们的东西，即竞技门球。

中国门球人应把竞技门球玩出水平，玩出市场（休闲娱乐的要保留，它属康乐门球的范畴）。世界门球组织多年来进步不大、思想僵化、领导层老化值得反思！我以为，以中国竞技门球引导世界门球的发展是大势所趋！我们的水平提高了，别人就不敢来了吗？勿担心，他们还会来的，美国NBA吸引全球篮坛人才及眼球就是力证。

万庄花絮形式报道中日门球赛我共写了八点。

急匆匆赶赴万庄

网上忽见万庄华油人来的短消息，让我帮其上传照片。后见华油陈兄短帖，知新球场万庄落成，启用赛事竟是中日燕山杯，当即决定21日去看球。20日中午，接樊、陈电话后遂改主意，于下午2时30分离涿赴廊坊万庄。

赛前预测未走样

狂人有赛前预测之嗜好，故有“乌鸦嘴”之称。赛前当着众多人狂言再放：日队进前8，具体6，7，8；中队列前5，冠为罗与发（罗为华油井下，发为七处）。21日上午战罢，狂人对罗教头和陈明发说：“下午你们两家谁胜谁为冠，俺就不看啦。”午饭后，狂人携门球之苑王鲁西和齐欣两位秀才飞奔涿州门球大本营。

四块球场真漂亮

看新球场，是我行前所订任务之一。到后我从晚上在场打球，看质量，听反映，问球员，观比赛，对龙胄二代人造草坪门球场有了新的认识。一片草木地，变成现模样，这钱花得值。灯光尤好，还有看台，周边环境，堪比花园。打门球的万庄石油朋友们，美哟。

追访陈小刚

以前见过此君，生于1964年的龙人，现兼华油门协主席，实职为万庄华油测试公司党委书记，正处，1988年参与门球，1991年于华油井下主抓门球，使井下门球名扬天下。2009年初调万庄后，干出了常人干不了、也不敢想的事。

日队战法老一套

来华的三支日本门球队，面对华油五支队，均获“战五不胜”成绩。除了华油强大，日队成员老化外，其战法保守，极少进攻。不摆或很少摆双杆。不使用对方球，求胜欲望差。

门球忙人数古桥

万庄赛上我拍照，特意照了张大会介绍与会领导的照片。我自9月8日北戴河见古桥，赛毕他即赴焦作。沪赛见他时，他在外地已快一个月了。万庄见面，抽空聊了几句，该君为门球可谓尽心尽力尽职矣。

回首以往燕山杯

河北省与山梨县门球交往始于八十年代。1991年5月，河北涿县（现涿州市）承办第五届中日友好燕山杯门球赛，狂人手上有当年照片。在万庄，我找到了当年获冠的几名华北石油管理局队员，他们是：刘凯，王全宁，刘立石，刘桂新，唐海忠，刘振德，齐文芳，王纪宁。

展望门球续辉煌

中国门球要发展，要续写辉煌，我认为：

一是中国门球要走美国篮球 NBA 之路，打造中国竞技门球品牌；

二是中国门球界多涌现一批陈小刚，能抓单位，能建场地，能揽赛事，能有佳绩；

三是量体裁衣，看人下菜碟，尽量与来访队大致相当。万庄战，有牛刀杀鸡之嫌，下回可让我们的老人家们和红领巾们上场；

四是竞技康乐适时分开；

五是规则尽量简单；

六是场地尽量规范；

七是裁判要更专业；

八是门球人多多益善。500 万不多，要向 1000 万迈进，亦可再多一点。

万庄战役我方大获全胜。

但应该清醒地看到，来的并非是正规军，在我们标准的场地上他们也不适应。

任重道远啊，望华油门球不断发展，续写辉煌。

涿州市第 26 届门球赛综述

随着焦家军京海率领的石油物探局学园社区门球队在上、下半时制的决赛中以 30∶16 战胜华北铝业公司队（上半场 18∶8，下半场 12∶8），“铁建先锋杯”涿州市第 26 届门球赛圆满落幕。历时三天半，28 支队，16 位单打，最后成绩如下：

单打

第一名　韩宝龙　（百尺竿乡泗各庄村农民）

第二名　李俭　（市直退休干部）

第三名　郭汉祥　（建厂局设计院退休干部）

团体

第一名　物探局学园社区

第二名　华北铝业公司

第三名　河北凌云

　　　　中铁 18 局三公司

第五名　百尺竿乡泗各庄村

　　　　刁窝乡徐三村

　　　　中铁 18 局一公司

　　　　中国水电五局涿州基地

“涿州门球”“卧龙第二人”“门球狂人”是这次赛事的主要组织者。

4 月 19 日下午，赛前预备会在市门协召开，27 支球队报名参赛，16 位单打选手报名。

周五（4 月 22 日）单打，使用四块场地，四人一组共四组，采用“小组佩奇制”进行预赛，各小组第一名共计四名再按小组佩奇制决出 1~4 名。单打取前三名。

周六（4 月 23 日）团体，市区 17 支队，分四个组在刁窝乡徐三村进行了预赛。A 组凌云、B 组中铁 18 局一公司、C 组物探局学园社区、D 组水电五局均以小组第一身份出线。A 组第二的华铝凭借小分优势侥幸出线。

周日（4 月 24 日）团体，农村 9 支队，分两个组在徐三村预赛。E 组泗各庄、F 组徐三村顺利晋级。以赵云、云长等中青年组成的竞技队以不计成绩身份参加了农村组的比赛。

由于中铁 18 局三公司直接进入决赛，至此，决赛 8 支队全部产生。

周日下午，8 支队抽签编组，依小组佩奇制决出 1~8 名。

周一上午（4 月 25 日），八支队每队一场球，排出了全部比赛名次。

四个第五名率先产生。两个第三名间又加赛了一场，胜者名次在前。

冠亚军决赛是上、下半时制。

狂人主持闭幕式。

东道主歌舞表演后，依次进行闭幕式议程。

涿州市第 26 届门球赛有关情况：

1. 执行 09 正文，未执行附则；

2. 选择采用了“狂人八条”的有关内容，如：需进行“同分决胜负”场次不再决一门，判白球方胜；球通过一门即判过一门有效，过一门后球出界按界外球摆放；

3. 过一门不限次数；

4. 执行过二、三门撞球双杆，不限次数；

5. 判“愈时犯规”必须报“8秒”且连续报“9秒、10秒”，10秒后方判“犯规”；

6. 比赛线外设“置球线”；

7. 单打实行“小组佩奇制”，取第一名晋级直至决出名次；

团体赛小组取第一名出线，取小组第二名中成绩最好的一支队出线；

团体决赛阶段重新抽签定位，以小组佩奇制进行；

8. 预赛使用农村的场地，小组赛每参赛队半天打完；

9. 每场比赛安排两名裁判执裁，不设记录员。比赛结束，以积分牌成绩上报总台登统成绩表；

10. 中青年的竞技队只参赛、不计成绩。涿州五虎及部分“少壮派”或当裁判或为农村球队客串“教头”；

11. 在徐三村的赛事，为5月22日“保定市第二届老年运动会门球赛”做了必要的准备；

12. 闭幕式上，最得意之作是下届赛事承办单位领导表态承诺，是主持闭幕式的狂人一句：明年，中铁18局一公司再见！

涿州门协的五年赛事规划已翻过一页，来年，我们还会搞得更好。

万庄国华杯

美丽佳苑 兴隆盛达

你若不是华油人，或你没来过华油，或你没有对华油的改制和发展有所了解，你不会对前面的一句话、八个字有所了解和认知。现如今，中国石油—华北油田，八个处级单位分别以华美、华丽、华佳、华苑、华兴、华隆、华盛、华达冠名。

都说北京有个“八大处”誉名中外，而华北油田的“八华”更是闻名遐迩。

“八华”均有多支实力强劲的门球队伍。

国字头队伍进万庄

国家体育总局机关、文化中心、训练局、射击射箭中心、自行车击剑中心、北京体育大学、中国体育报业总社、安阳航校一队、安阳航校二队共 9 支队伍进入万庄。

19 支队伍分为 4 个小组实行单循环赛制，每小组前 2 名出线进入前 8 名。前 8 名进入淘汰附加赛；小组第 3、4 名分别进行同名次交叉淘汰赛，排出 9~16 名名次，小组第 5 名则并列第 17 名。

赛事圆满成功

此次赛事华油门球决策层为培养新人，大胆使用年轻裁判临场执裁，很多场次主裁均为刚刚获得门球裁判资格的新人，而资深裁判大多做副裁或记录员。如摄制的某场比赛，临场主裁2级、副裁1级、记录员国际级。专程从北京赶到万庄的京南网友灿烂、古道游人夫妇对华油的年轻裁判队伍羡慕不已：真年轻！真潇洒！真漂亮！

东道主领导披挂上阵。首场以平分惜败对手，发哥所在的华油测试公司队第二场比赛上场人员有所调整。发哥任专职教练，其所打的5号由测试公司党委书记、华油门协主席陈小刚担任。换人如磨刀啊！发哥指挥滴水不漏，小刚书记连出两杆好球。观战球友叹曰：领导出马，一个顶俩！

小组赛结束，前8队如下：

A组：CPE华北分公司队、安阳航校2队

B组：华兴（4队）、井下公司队

C组：华盛队、华佳队

D组：供应处队、华兴（3队）

8强对阵。

上半区：CPE华北分公司队 PK 华兴（3队）

华兴（4队） PK 华佳队

下半区：安阳航校2队 PK 供应处队

井下公司队 PK 华盛队

小组赛毕，前8名产生，“华”字头队成最大赢家。

A组：

以年轻在职人员组成的 CPE 华油分公司队四战全胜，名列小组榜首；安阳航校 2 队三胜一负，突围成功，进入 8 强。其中，他们在首场对阵发哥的东道主队时，全场处于被动，在最后关头抓住战机，连打 2 个双杆，以 11∶11 平分多柱险胜。他们成为进入 8 强的唯一支“国”字头队！余之，发哥的东道主队 2 胜；文化中心 1 胜；训练局 0 胜。

B 组：

以网友“华油人”连打带教的华兴（4队），四战皆胜，小组第一。华油老牌劲旅井下公司队 2 胜，名列小组第二。在场观战的狂人本以为华兴（4 队）对井下队会是一场龙虎斗，但赛况是一边倒，“华油人”竟没给对手任何一次反攻的机会。余之华美队 2 胜，体育报和自行车击剑中心队均 1 胜。

C 组：

华盛队、华佳队哥俩携手进入 8 强；华兴（6 队）、体育大学、安阳航校一队分列小组 3~5 名。

D 组：

球星领衔的华油供应处队以全胜战绩名列小组第一；华兴（3 队）、体育总局机关、射击射箭中心队三家形成“推磨”，胜场次同。经计算“相等队净胜分”程序。华兴（3 队）抢得先机，拿走进入 8 强的最后一张入场券。总局机关和射击射箭中心队名列小组 3、4 名。（本小组 4 支队伍）

根据赛制第二阶段比赛于次日上午 8 点开始，淘汰附加赛排出 1~8 名，交叉淘汰赛产生 9~16 名。

成 绩

第三届“国华友谊杯”门球赛结束，前 8 名如下：

1. 井下公司 （有网友老生畅谈，球星王全宁、葛大洋）

2. 华佳

3. 供应处（有球星李文玉、祁夕坤）

4.CPE 华北分公司队

5. 华兴 4 队 （有网友华油人、秋菊绽放）

6. 华盛

7. 华兴 3 队

8. 安阳航校 2 队（有网友 A 门球可爱 A ）

闭幕式上，参赛的国家体育总局机关队等 9 支国字头球队代表、射击射箭中心徐国安有一个精彩发言：

……这次友谊赛的组织领导、竞赛安排、食宿交通、安全保卫、医疗保障、裁判工作、志愿服务、宣传教育等所有工作都是十全十美……

第三届“国华友谊杯”流动冠军杯留在了华油。赛事在欢声笑语中圆满落幕。

京南网友在地坛

一

2010年8月24—26日，在北京地坛公园新建的六块人造草坪门球场举行了北京市体育大会暨2010年中国门球冠军赛北京分赛区决赛，共有60个门球代表队参赛。

天津虎姐（出山虎）搞到一名额，张罗组织了几位京南网友以门球之苑名义组队到地坛参赛。

其成员“三国五方”：三证球迷（北京）、大嗓门（北京丰台）、胡扬（北京良乡）、出山虎、行雨龙（天津）、门球狂人（河北涿州）。

没有时间集训，没有打过配合，赛前一天狂人抓壮丁一样“请”到胡扬，他连场地也没有来得及适应便披挂上场了。

狂人任专职教练，其余5人上场。

小组预赛（五支队），第一场一队员三杆毕业，四打五首战告负。后连赢3场，以小组第一身份进入复赛。

复赛以三战全胜成绩进入了决赛。

决赛首场胜二炮队，进入四强。

已完成赛前目标，狂人乃作翻分员了。

四进二负另一支以廊坊网友为主的同门。

争季军时负涿州猛张飞、丰台大飑飑网友为主的同门。

胡扬帖云：取得这样的成绩，虽有遗憾，但应知足。因为这次大赛，不仅参赛队伍多（60 支），而且高手云集，有在北戴河世锦赛选拔赛上夺得冠军的廊坊队（以东城区门协四队身份参赛），有全国女子门球公开赛上的冠军得主房山门协队。

二

北京丰台灿烂网友搞到一名额，由丰台注册的华油人张罗组织了几位京南廊坊网友冠以“友谊康乐队”到地坛参赛。

其成员“一国两方”：华油人、秋菊绽放夫妇、雪花纷飞、霸州西录和四位廊坊网友；北京方面是北京玫瑰与古道游人（北京丰台）。

该队不久前在哈尔滨得过季军，整体实力不凡，霸州西录兼职教练。

小组预赛（五支队），3 场 1 负，以小组第一身份进入复赛。

复赛四支队一组，以三战全胜成绩进入了决赛。

决赛首场胜，进入四强。

四进二险胜另一支以京南网友组成的同门。

争冠军时负阎俊起老师的老干部队，获亚军。

狂人以为：取得这样的成绩，是实力体现。有遗憾（因复赛时战胜过阎老的球队，第二次碰面负对手）。此次大赛，京南网友战绩颇丰，自由组队、自费参赛的形式值得总结推之。

三

北京丰台门球运动水平一直不错，在京城诸强中算是劲旅。此次由大飏飏、小枣树及涿州猛张飞等网友与几位丰台高手组队冠以“丰台街道办事处”名到地坛参赛。

该队去年获卢沟桥全国邀请赛冠军，北京中冠选拔赛进入前两名代表北京队参加南昌中冠总决赛，整体实力不凡，大飏飏和张飞轮流教练。

小组预赛（五支队），3 场 1 负，以小组第一身份进入复赛。

复赛四支队一组，以三战全胜成绩进入了决赛。

决赛首场胜，进入四强。

四进二负驻丰台的闫俊起老师的老干部队。

争季军时最后一秒一分险胜京南网友组成的门球之苑队，获季军。

狂人以为：取得这样的成绩，是实力体现。有遗憾（因平时均胜阎老的球队，关键战碰面负于对手）。这支队伍很年轻，队员个人技术均上乘，假以时日，是京城劲旅中的佼佼者。

滨州行

随新疆兵团门球队于2012年5月26日中午抵达滨州，成了此次赛事最新到场的第一批球队。

兵团门球队曾于2010年到过滨州。记得当时狂人和红柳从北戴河到廊坊，后坐后卫的专车到了霸州。在霸州呆了几天，本计划和红柳来滨州，狂人因家中有事回了涿州，狂人的师弟霸州西录随红柳来了滨州。

2011年，滨州搞门苑读者杯门球赛，狂人又没有赶上。

山不转水转，狂人终于遂愿，双脚踏上滨州的门球场。

这次，狂人要展示和验证一下自己的执教能力，在国家级门球赛事上过一把“教练”的瘾。

狂人在基层执教多年，但，在带有国字头的门球大赛上还没有捞到机会。

秩序册拿到手，一番研究后，战略战术已安排妥当，心中有了数。

新疆兵团老年门球队（农六师）曾于2009年到过河南安阳参加全国老体协举办的赛事，小组未出线。

2010年新疆兵团老年门球队（农一师）到过滨州，再次参加全国老体协的赛事，战果与2009年相同。

2011年，新疆兵团老年门球队（农六师）先在重庆江津“帅乡杯”（八省市、61支队）获团体冠军，而后兵发重庆永川再次参加全国老体协的赛事，19 支参赛队，获第九名。

事已过三，新疆兵团门球连续三次参加全国老年体协举办的门球赛事，应该有所突破了。

赛前制定的第一阶段赛事目标：五场球后，进入小组前四名。

结果新疆兵团门球队创造了奇迹：

1. 对火车头队　以 14∶12 获胜。

2. 对海南队以 8∶21 负于对手。

3. 对滨州二队　以 14∶8 获胜。

新疆兵团老年门球队在滨州全国老年门球赛上第一阶段五战五胜，率先进入 16 强；

第二阶段比赛中，两胜一负，进入前八。

第三阶段比赛是八支队，单循环，六场球（二阶段碰过面的球队成绩带入下一阶段）。

第三阶段我们打了六场球，战绩是三胜三负，最终在 16 个获优胜奖的球队中名列第五位。

新疆兵团老年门球队结束了滨州之旅，第五名的成绩是他们参加全国老年体协举办的门球赛事活动历史上成绩最好的一次。

狂人在此次国字头门球赛中客串“教头”，自认为及格。

红城行

2013 年 5 月 29 日，我参加了重庆市开县 7 省市网友赛后，坐火车到北京。到北京的时间是晚上，住南苑。

31 日上午，从北京南苑机场飞抵内蒙古乌兰浩特。

乌兰，蒙语是红色，浩特，蒙语是城市。所以，这座城市别称是红城。

2013 乌兰浩特市“长寿，红城杯”友好城市门球邀请赛在 6 月 2 日至 5 日举行。

72 支团体队和 32 位单打共计 104 支队、600 多人的规模，应该说规模很大。

根据门球人的呼声，赛会增加了一项单打。

2013 年“长寿，红城杯”友好城市门球邀请赛共计有来自黑龙江、吉林、辽宁、北京、天津、河北、内蒙古、安徽、广东、四川等 10 个省市的 72 支门球队。单打有 32 位单打球员。他们是：健康第一、绿草坪、

黑龙江铁炮、逍遥自在王、球球新人、白银元、赵淑华、士新生、东北虎、洁白的云、爱练门球、宇宙飞船、青山不老、大连庄河365、上标求准、参乡人、吉林东北虎、天地搏击、毛毛雨、阿伟110、美美、开心、大湖老刘、美好、焦家军志勇等门球网友和几位球友。

6月2日，一夜中到大雨。3日早上，仍下着小到中雨，有风，气温15度。

球场上有很多积水。

狂人在三号场地试打了几杆，感觉还可以。

到7:30，虽还下着小雨，场地积水已清理，可以使用。

单打预赛如期开始，8个组、每组4人，单循环、取小组第一晋级。

一上午比赛，各组第一名产生。

一组 北京健康第一三战三胜，出线。

二组 天津球球新人三战三胜，出线。

三组 黑龙江士心生三战三胜，出线。

四组 辽宁大连庄河365三战三胜，出线。

五组 辽宁大连徐孟君两胜一负，出线。

六组 黑龙江毛毛雨三战三胜，出线。

七组 天津美美三战三胜，出线。

八组 河北焦家军志勇三战三胜，出线。

6月3日，八强淘汰附加赛在门球馆举行。

成绩如下：

第8名　健康第一　女　北京

第7名　焦家军志勇　河北

第6名　毛毛雨　黑龙江

第 5 名　士心生　黑龙江

第 4 名　球球新人　天津

第 3 名　徐孟军　大连

辽宁大连庄河 365 和天津美美女争夺单打冠军。

6 月 2 日，团体比赛开始，72 支球队陆续亮相。

最终成绩公报——

团体八强：

第一名　吉林抚松

第二名　扎旗法院?

第三名　天津石化

第四名

大连一队

夕阳红网友

乌兰浩特

内蒙古林勘二院

大庆建材

单打八强：

第一名　辽宁　大连庄河 365

第二名　天津　美美女

第三名　辽宁大连 徐孟军

第四名

球球新人天津

士心生　黑龙江

毛毛雨　黑龙江

焦家军志勇　河北

健康第一 女　北京

井冈山网友赛

钱

办赛需要钱,可门球现在还是穷项目,靠办赛挣钱是行不通的。

此次赛事的开支完全是靠两个渠道解决的。

报名费。实收16000元，8000元拨给协办单位——厦门东日隆公司（人家为赛事提供了每人两件运动上衣）。8000元给三个项目前八名发了奖励。

赞助费。收到了几名志愿者的赞助费，此笔费用解决了全部会务开支。

快

办网友赛需要网站的宣传，赛事报道当然是越快越好，越多越好。

此次赛事的宣传报道发布得快，比赛结束的当天，决赛视频已经传到网上了。赛事结束后，三个项目的决赛视频大家都可在网上看到。

很多参赛人员用自己手中的相机拍摄了很多照片，多位网友设主贴报道，这在所有赛事中是不多见的。

赛事活动结束的次日，负责此次赛事的裁判长的“总结汇报”

陆续播出。这在门球发展史上还是第一次。

新

网友赛需要有亮点、有创新，因为网友是网站的活跃分子，是门球人中的“见多识广”者。

此次赛事，连出新招：裁判员专职的很少，参赛运动员被要求兼职裁判；所有参赛人员食宿自理；不限年龄、性别；组委会人员包括裁判长都可上场打球；赛前预备会及几次抽签都是安排在比赛现场；比赛时间每天长达十余个小时；推出的预赛分组佩奇制和决赛双 15 制等十条临时规定等有效地保证了比赛顺利进行。

此次赛事可谓是“胆大妄为”。

情

很多人参加网友赛，是想和网上常见的网友见见面、交交心、聊聊天，这是网赛的特点。很多人常在网上打招呼或在 QQ 群、语音室聊过，见面的机会却不多。

此次聚会井冈山，有老朋友的重聚，有新朋友的见面，浓浓深情，溢于言表。彼此一见如故，欢声笑语不断。

门球网友赛因为有了主办者和参与者的彼此交心和理解，成了最具特色的赛事。

心往一处想，劲往一处使，思网友之所想，解网友之所虑，借网友之合力，井冈山赛事的成功是来自 10 个省市的 86 位参赛网友同力协作的结果！

明

办网友赛一个最大的特点是在网上运作赛事。此次赛事在QQ群语音室有过多次讨论。赛前一段时间，组委会几个主要领导几乎天天在网上沟通。

规程是公开的，收费和奖励是公开的，赛制是公开的，尤其是现场抽签编组是公开的。

明明白白，是此次赛事的显著特点。

细

民间办赛，事无巨细都要自己解决。想得多一点、细一点，工作就好办了。

一场赛事涉及的林林总总的事情一大堆。由于安排有序，组委会及各部门都较好地完成了任务。

三个项目，107支队，不同的赛制，推出的多项临时规定，现场调度和部署，应对各种突发事件，除了尽心尽力之外，赛前考虑得细，在各个环节上有预案，便得赛事得以顺利推进。

井冈山赛事，使我们获得了宝贵的办赛经验，启用和发现了一些人才，为以后的办赛做了必要的准备。

猴年第一赛

2016 年 3 月 27 日，湖南浏阳。

2016 年“龙胄杯”中国门球公开赛（浏阳站）历时两天半，最终战果是：

冠　军：湖南蓝山

亚　军：江西祥荣

季　军：义芳荣队

第四名：仙桃一队

第五名：江西铜鼓

第六名：株洲快乐

此次赛事，是中国门协猴年的第一项赛事。纵观赛事全过程，简评如下：

第一，公开赛模式接受大考。

中国门协 2015 年全年安排了几次公开赛，收到了较好的效果。2016 年，安排的公开赛数量达到历史之最。浏阳赛事是猴年第一炮，具有重要的意义。类似的赛事需不需要搞，搞多少，规模搞多大，如何引导等，都是新课题。

第二，赛制。

此次比赛，预赛阶段五支队编为一组，小组单循环，决赛一阶段淘汰赛，前八名淘汰附加赛，是传统的赛制。

我觉得，在前八名的决赛阶段，采用国际通用的单淘汰赛制更为流畅。16 强出来后，8 支队晋级，负球的 8 支队并列第 9 名；8 强第一轮，负球的 4 支队并列第 5 名；半决赛后，负球的 2 支队并列第 3 名；决赛后产生冠亚军。

选择一个好的赛制，是赛会组织者的智慧。

第三，组队。

公开赛不同于省级比赛，也不同于中冠赛。所谓公开，就是不设限制，比如年龄、性别、地域。此次赛事，跨地域组队的不少，很多大家比较熟悉的球星大腕强强组合。

第四，费用。

此次赛事规程中关于费用是这样规定的：

（一）各参赛队差旅费、食宿费自理，食宿由大会统一安排。

（二）食宿费具体标准：每人每天 180 元，报名时一次交清，提前离会不退食宿费。

（三）竞赛综合服务费每队 500 元。

（四）以上费用报到时向承（协）办单位一次交清。

（五）不在组委会指定地点食宿和不按规定缴纳费用的代表队不能参加比赛。

长期以来，中国门协在其举办的赛事中关于费用方面的规定几乎一成不变。这样的规定已经引起相当多的门球人的反感。

我觉得像公开赛这样的赛事，在费用这样的问题上，还是多考虑一下参赛者的感受为好。食宿自理、丰俭由己、安全自负，少点苛刻。

第五，宣传报道。

一项大型赛事的举办，网络宣传报道非常重要。

“互联网 +”，是国策，众多网民的存在，是事实。大型赛事活动如果缺乏强有力的宣传报道和鲜活的赛事资讯，起码说不是与时俱进。

研究一个赛事的运作过程，可以使我们变得聪明起来。浏阳赛事是猴年的第一个全国大赛，对其进行总结点评有益于协会改进工作，有益于以后赛事的安排部署。

开州汉丰湖赛

重庆市开县首届“汉丰湖杯”全国门球邀请赛，从2014年10月21日开始到10月25日中午结束，历时5天，实际比赛4天半。

报名参加这次大赛的来自全国18个省市，共105个团体、118名个人参加了此次大赛。球员、裁判员和志愿者等共计1000人以上。

此次赛事，其人数之多，参赛地域之广，网上反响之好，影响之空前，都达到甚至超过了预期。

现从十个方面综述其特色和成绩，并从十个环节上提出今后需加强的方面。

一　“五个一”

2013年开县举办13省市网友赛时，所有到开县的参赛人员都感受到了开县门协在接待工作中的“四个一”（即：一张笑脸、一声问候、一杯热茶、一条热毛巾）。

这次再来，发现又有新意：报到后，每名参赛人员得到了一枚纪念奖牌。纪念奖章受到参赛者尤其是老年朋友的喜爱。门球世界俱乐部队 78 岁的陈吉元大姐对这枚纪念奖章爱不释手，说这是她从事门球多年得到的奖品纪念品中最珍贵的“宝贝”。许多参赛球友和球队在比赛时还特意带着这枚纪念奖章。

踏上开县的土地，受到“五个一”——“一张笑脸、一声问候、一杯热茶、一条热毛巾、一枚纪念奖章”的礼遇，实在是有宾至如归的感觉。

二　网上运作 设立网宣组

运作如此规模的赛事活动，离不开互联网。在这方面，开县在全国各级各类门球赛事中是做得最好的。

1. 该赛事在中国门球网网上宣传和报名持续了几个月，是网上关注率名副其实的“冠军”。打开开县门球版块，有关此次赛事的相关事宜一应俱全。在互联网的时代，地处西南偏安一隅的开县走在了全国门球的前面。

2. 赛前，赛事组委会请外地球友代表到现场监督抽签，并用摄像机记录整个抽签过程，这足以表明，开县人是在以一颗坦诚的心在做着阳光的事。抽签结束后，编排对阵及秩序册内容随即发到网上，很多人坐在家里已经提前知道自己在哪块场地和哪个人比赛。

3. 赛前成立网络宣传报道组，安排了六名人员，各自有明确分工。赛事展开后，文字、图片、视频滚动播报，远在后方各地的门球爱好者在网上能够即时知晓比赛现场的情况。其时效性和专业性彰显此次赛事的不同寻常。

4. 赛事开始后，原确定的网宣组队伍不断扩大，撞到南墙、霸州西录、敬礼等网友又加入进来。可以说，开县赛事在网络宣传报道方面是迄今为止最为成功的范例。

三　获奖率高 奖金多

1. 开县此次办赛，报名团体赛的有 115 个队（有一个队未到），实到 114，到位率 99.13%。在民间举办的门球赛事中，这是一个很难逾越的指标。

2. 不收取报名费。本次大赛设团体奖 32 名，道德风尚奖 11 名，占参赛队数的 41%；团体奖支出共计 46600 元。奖励覆盖面之广，奖金数额之大，是全国各级各类赛事中绝无仅有的。

四　科学安排 助推开县发展 扩大赛地影响

1. 在赛程安排上独具匠心。团体预赛编排中每天安排一半队比赛，另一半队则旅游参观。尤其是能够做到专车接送、专人负责、免费观光。这是一项花钱不多、很得人心的举措，是办赛者的明智之举。

2. 此次赛事对提高开县知名度，助推“红色、蓝色、绿色”三色旅游和门球运动的发展，起到了不可估量的作用和影响。

3. 依照赛前编制的秩序册，赛程顺利实施。在现场调度方面，根据赛场出现的实际情况，实施机动安排。这些都显示了赛事工作人员的专业、敬业和智慧。

五　门球场馆硬件设备设施齐全

一处（安康）六连片人造草坪门球场，一处（旭日）四连片门球馆，两处距离不远，步行也就是 20 分钟左右。开县的门球场馆建设，受到了来自全国各地的参赛人员和门球朋友的普遍好评。其球场漂亮的管理房、风雨棚、灯光、星级厕所、会议室等设施更是受到来自全国各地的人们的普遍赞赏。

六　准备工作充分 组织实施得力

赛前的各项准备工作安排得井井有条，门协一班人有分工有合作，工作有条不紊。无论是赛前接待、联席会议，还是赛中的联欢晚会及赛后的游览，都安排、组织得合理有序。

七　文化底蕴深厚 人文环境浓郁

报到后，参赛人员得到了一个袋子。这个袋子里除了秩序册和纪念奖章外，还有：开县交通旅游地图、畅游开县宣传册、开县美食购物宣传册和一份散发着墨香的 2014 年 10 月 19 日出版的开州日报。此外，布置在赛场周围的由体育局、老体协、老干局、门协制作的宣传展板和横幅标语，吸引了很多的人驻足观看和拍照。通过观展，大家对开县经济、社会发展成果有了全面了解。

八　开县门协的金钱观

市场经济的社会，说话办事离不开钱，开县门协的金钱观值得我们尤其是各级各地方门协学习和借鉴。

罗绍轩，开县门协主席。

他上任伊始就着手清理财务，建章立制；完善财产物资管理办法；十分注重财务开支的合理、合法、合规性。

注重财务民主管理。凡重大财务开支，必经领导班子集体决策，从不个人说了算。他亲自审批重大财务开支，定期审阅财务报表。

他严格要求自己，从不搞特殊化，享受特殊待遇。如，每逢班子研究年会奖励先进时，他都会否决任何人对他本人的提议，将自己排除在评奖范围之外。

在开县办赛现场，我们看到有哈尔滨长寿公司、厦门门球人运动服饰公司和霸州凯德宝厂家的展位，甚至还有北京春青草坪公司的展台，所有这些展位，全部免费。

九　协调和安排

大凡搞重大赛事尤其是搞全国区域性大型赛事活动，比赛名称、时间和赛期的选择尤为重要。开县较好地解决了这一问题。

开县本来计划是搞刘帅杯的，后来改为更能突出地方风情的“汉丰湖杯”，突出了具有“三色”魅力的千年古县。

原定比赛日程 7 天，后调整为 5 天，实际为 4 天半，有效地集中人力物力，硬是把一次“双百”大赛顺顺当当地拿了下来。

十　敬业 和谐 奉献

开县门协敬业的一班人，和谐的内外部环境，乐于奉献的精神，是开县能够办成事、办大事、不出事的内在因素。这一点，很多地方很难学到、做到。

需总结和提高的方面

一次较大规模的全国区域性赛事办下来，需要总结和提高的地方很多，概括起来有如下方面：

第一，赛事定位。以旅游休闲为主，规模控制在100~120个队之间，团体队的赛事每天控制在12场。赛中安排两天旅游，一半打球，一半旅游。

第二，比赛期间安排一个单打或双打项目。该项目穿插于赛会期间。

第三，安康球场的草坪需要更新换代了，一定要选择专业的公司和专业的草坪辅以专业的施工，这方面不要花冤枉钱，一次性到位。

第四，宽带。安康和旭日宽带应升级，要达到10兆以上。两处都应该设置工作电脑，不光赛事活动要用，平时工作也有用。

第五，旭日门球馆的灯光照明。度数和亮度够了，但需要将灯的高度提升1.5米，使整个馆内的亮度得以提升。

第六，赛制。可以安排进入复赛的球队略多一些，复赛阶段，实施现场抽签或递次跟进为好，这方面，专业性很强。

第七，裁判。力争以当地人员为主，培养自己的裁判队伍。裁判一定要选用比较年轻、参加过大型赛事、有临场经验的人。参赛者中间不乏裁判高手，如何调动和使用也是一门学问，可以尝试。

第八，提升当地球队水平。这方面不再赘述，在组队及选拔本地参赛球队及球员上，各地都有很多好的办法。比如，如果安排双打项目，完全可以安排几个当地球员与外地参赛高手搭配，这是提升本地球员技战术水平的最佳途径。

第九，赛中的活动可以灵活安排，有的可以保留。赛会所需资金的融资方式可以多样化。

第十，赛前编排及时间。这方面有很多地方值得研究，有很多技巧可以使用。单打使用 25 分钟时间，是权宜之计，某些大型赛事一味追求规模，缩短运动员每场比赛的时间，这是对规则和参赛人员的不尊重，已受到非议。

认真总结经验，查找遗憾和不足，提升办赛质量，打造一流的全国区域性门球赛事活动，开县，大有所为！

中国门球的“红魔”凯泽斯劳腾

——记首届中国门球联赛冠军江西正邦门球俱乐部

德甲足坛“红魔”——凯泽斯劳滕

该俱乐部成立于 1900 年 6 月 2 日。除经营足球外，俱乐部还涉及篮球、手球、曲棍球、田径等体育项目，是个综合性的俱乐部。

经过 50 年漫长的发展，俱乐部终于在 1951 年迎来了历史上第一个联赛冠军，但后 30 年发展平平。

德甲“红魔”的称号来源于 1994 年以 7∶1 的大比分击败杜伊斯堡的那场比赛。

1996 年可谓是凯泽俱乐部最具戏剧化的一年。因为在那一年球队刚刚夺取足协杯冠军后不久，竟然在联赛中以第 16 名的糟糕成绩跌入乙级。

经过一年的卧薪尝胆，1997 年终于以德乙第一名的身份重新杀回德甲，并于 1997—1998 年赛季创造了以“升班马”的姿态勇夺联赛桂冠的德甲奇迹!

从此以后，“红魔”声名远扬。

一份成绩单

首届中国门球联赛，共有八支俱乐部球队参加。赛前很多人认为江西正邦队在所有参赛球队中处于中下游，正邦队出征前，甚至喊出：保八争七。

联赛结束了，江西正邦队交出一份成绩单。

江西正邦队联赛历程及成绩：

第一轮，9 月 11 日，客场对山东，三比三，得 1 分

第二轮，9 月 13 日，客场对大连，五比一，得 3 分

第三轮，9 月 17 日，客场对北京，四比二，得 3 分

第四轮，9 月 21 日，客场对山西，四比二，得 3 分

第五轮，10 月 4 日，主场对四川，四比二，得 3 分

第六轮，10 月 11 日，客场对安徽，二比四，得 0 分

第七轮，10 月 18 日，客场对浙江，二比四，得 0 分

第八轮，10 月 25 日，主场对浙江，五比一，得 3 分

第九轮，11 月 1 日，主场对安徽，四比二，得 3 分

第十轮，10 月 8 日，客场对四川，四比二，得 3 分

第十一轮，11 月 15 日，主场对山东，四比二，得 3 分

第十二轮，11 月 22 日，主场对大连，四比二，得 3 分

第十三轮，11 月 29 日，主场对北京，四比二，得 3 分

第十四轮，12 月 6 日，主场对山西，三比三，得 1 分

联赛结束后，八家俱乐部球队排座次，江西正邦队以 32 分高居榜首，荣获首届中国门球联赛冠军。

强大的后盾

江西正邦队之所以能够创造奇迹，得益于他们的强大后盾——江西正邦集团。

江西正邦集团是农业产业化国家重点龙头企业。2013 年集团总产值 360 亿元，员工 35800 多人。集团有 315 家分 / 子公司分布在全国各地，销售网络遍布全国 27 个省、市、自治区。集团已经形成以饲料、养猪、动物保健、乳品、畜禽加工、农化（农药制剂和原药生产）等为主要产业的大型农牧企业集团，是中国企业 500 强、中国制造业 500 强、中国民营企业 500 强、中国上市公司 100 强，是国家农产品加工技术创新机构，国家博士后工作站。

正邦集团董事长、总裁林印孙先生先后当选为第十二届全国人大代表、江西省工商联副主席、中国饲料工业协会副会长、中国畜牧协会副会长、中国猪业协会副会长、江西省政协委员、江西省总商会副会长、江西省十大经济人物、江西省十大杰出青年、江西省光彩事业促进会副会长、江西省优秀企业家等。

自 2012 年始，正邦集团回报社会、资助临川门球事业，球队连续几年取得较好成绩。2015 年，正邦门球俱乐部组建球队参加首届中国门球联赛，又得到了正邦集团的积极支持，确保了球队主、客场能够以良好的状态参赛。在接受采访时，正邦门球队领队、76 岁的李盛光先生总结说：球队取得优异的成绩，得益于我们有一个强大的后盾。

原新疆兵团党校资深教授何炳生（戈壁梭梭）在他的文章里写道：

企业的支持可能是最重要的一个因素。每支球队背后都有一个知名的企业做后盾，江西正邦队就是正邦集团支持的。正邦集团在整个联赛的过程中实实在在地做出了很大的付出，对正邦队给予了很大的支持。正邦队能够坐上冠军的宝座，除了参赛队员精湛的球艺和拼搏精神，更重要的是有正邦集团的大力支持，没有这样一个坚强的后盾，不要说争冠，就是坚持到底可能都是很难的。

温馨的港湾

江西正邦队的主场设在了抚州老年活动中心，这里，拥有四连片大棚门球场。

抚州主场比赛期间，很多人赶过去观看比赛，一是看自己的球队表现，更是看另外七家俱乐部球队的表现。比赛期间，观众们看到了很多“只知其名、未见其人”的球王球星，看到了很多精彩的场面。在众多门球迷和门球观众的渲染下，正邦俱乐部门球队遨游在温馨的港湾，他们在全部七个主场的比赛中，创造了六胜一平的骄人战绩，主场保持不败，是所有参赛队主场当中的唯一。有人戏称：江西正邦的抚州主场——魔鬼主场！

为了联赛，正邦俱乐部在紧靠门球场的地方为来自省内其它地区的球员租用了一套住所，购置了相关器具、炊具，还找来两位从事教育工作多年的老大姐做志愿者，为球队做饭。球队球员无后顾之忧，全身心投入比赛。

和谐的团队

领队：李盛光，资深教育工作者，76 岁，正邦集团创始人、党委书记、董事局主席，总裁林印孙就是他 1981 年担任临川二中校长时从临川二中毕业的学生。退休后的李盛光先生常驻北京，为了联赛，他带领他的团队走了很多地方，在球队的队伍建设上动了很多脑筋，想了很多办法，解决了很多实际问题，使球队始终处于良好的状态。

副领队：罗嗣宗，资深教育工作者，70 岁，正邦门球队的发起人。退休前任临川区教育局副局长，退休后负责区门协工作，是参加联赛球队的直接操盘者。为了联赛尤其是营造主场氛围做了大量的鲜为人知的积极奉献。

教练：程火红，67 岁，正邦队本土球员。对门球有相当的研究和造诣，被戏称为“抚州本土一号教头”。在联赛过程中，几次重要场次担任临场指挥，有上佳表现。

队长：马佑民，67 岁，正邦本土球员。随队打满所有场次，负责球队很多具体事务，协调并管理球队，是球队获得好成绩的功臣。

队员：黄华柏，55 岁，正邦本土球员。

队员：阳时东，60 岁，来自南昌铁路。

队员：彭大勇，49 岁，来自南昌大学。

队员：杨丽玲，女，56 岁，来自上饶师院。

队员：刘春芳，53 岁，来自井冈山。

全队 9 人，除阳时东外，都来自教育系统，具有较高的学历，是一支综合素质很高的团队。整个联赛过程中，阳彭杨刘四人几乎打满全过程场次，留下了很多精彩瞬间。尤其是被网友们戏称为“阿芳”的刘春芳，自诩为江西正邦队的超级替补，成了联赛最为耀眼的明星。他在比赛场上的很多上佳表现，被众多门球粉丝津津乐道，联赛 QQ 群的很多谈资笑料都是围绕他而发。他在

11月3日联赛第九轮后脚部不慎负伤，后几轮一瘸一拐在比赛场上拼搏的画面，深深地感染了现场及众多观看比赛视频的人们。

14轮征战战果

这个征战结果，记录了江西正邦俱乐部全部14场、84局成绩。

（1）联赛第一轮 胜利油田主场（9月11日）

胜利油田队 3∶3 江西正邦队

六局比赛的成绩：

（胜利油田队在前）

第一局：14∶15

第二局：18∶07

第三局：18∶11

第四局：12∶12+

第五局：13∶17

第六局：23∶14

（2）联赛第二轮 大连主场（9月13日）

大连队 1∶5 江西正邦队

六局比赛的成绩：

（大连队在前）

第一局：09∶18

第二局：19∶11

第三局：12∶15

第四局：09∶29

第五局：10∶18

第六局：08∶14

（3）联赛第三轮 北京主场（9 月 17 日）

北京队 2∶4 江西正邦队

六局比赛的成绩：

（北京队在前）

第一局：19∶08

第二局：10∶17

第三局：08∶20

第四局：15∶22

第五局：16∶11

第六局：12∶12+

（4）联赛第四轮 临汾主场（9 月 21 日）

临汾队 2∶4 江西正邦队

六局比赛的成绩：

（临汾队在前）

第一局：14∶05

第二局：09∶18

第三局：11∶24

第四局：16+∶16

第五局：10∶18

第六局：14∶20

（5）联赛第五轮 江西抚州主场（10 月 4 日）

江西正邦队 4∶2 成都高新队

六局比赛的成绩：

（江西正邦队在前）

第一局：22∶09

第二局：16∶10

第三局：17∶07

第四局：08∶21

第五局：15∶14

第六局：07∶12

（6）联赛第六轮 安徽蚌埠主场（10月11日）

安徽绿舒坦队 4∶2 江西正邦队

六局比赛的成绩：

（安徽绿舒坦队在前）

第一局：10∶20

第二局：22∶12

第三局：08∶16

第四局：09∶08

第五局：14∶06

第六局：16∶15

（7）联赛第七轮 浙江横店主场（10月18日）

浙江横店队 4∶2 江西正邦队

六局比赛的成绩：

（浙江横店队在前）

第一局：24∶05

第二局：17∶13

第三局：12∶17

第四局：14∶10

第五局：19∶05

第六局：09∶22

（8）联赛第八轮 江西抚州主场（10月25日）

江西正邦队 5∶1 浙江横店队

六局比赛的成绩：

（江西正邦队在前）

第一局：28∶05

第二局：25∶05

第三局：06∶09

第四局：16∶05

第五局：17∶08

第六局：17∶05

（9）联赛第九轮 江西抚州主场（11 月 1 日）

江西正邦队 4∶2 安徽绿舒坦队

六局比赛的成绩：

（江西正邦队在前）

第一局：18∶15

第二局：06∶26

第三局：20∶09

第四局：22∶06

第五局：23∶08

第六局：05∶22

（10）联赛第十轮 四川成都主场（11 月 8 日）

成都高新队 2∶4 江西正邦队

六局比赛的成绩：

（成都高新队在前）

第一局：08∶18

第二局：10∶14

第三局：07∶22

第四局：12+∶12

第五局：09:12

第六局：18:12

（11）联赛第十一轮 江西抚州主场（11 月 15 日）

江西正邦队 4:2 胜利油田队

六局比赛的成绩：

（江西正邦队在前）

第一局：24:12

第二局：08:09

第三局：11:09

第四局：29:07

第五局：12:13

第六局：16:13

（12）联赛第十二轮 江西抚州主场（11 月 22 日）

江西正邦队 4:2 大连队

六局比赛的成绩：

（江西正邦队在前）

第一局：18:17

第二局：18:09

第三局：07:17

第四局：21:14

第五局：16:15

第六局：10:26

（13）联赛第十三轮 江西抚州主场（11 月 29 日）

江西正邦队 4:2 北京队

六局比赛的成绩：

（江西正邦队在前）

第一局：21:10

第二局：08:17

第三局：17:07

第四局：07:19

第五局：20:12

第六局：20:08

（14）联赛第十四轮 江西抚州主场（12 月 6 日）

江西正邦队 3:3 临汾队

六局比赛的成绩：

（江西正邦队在前）

第一局：05:19

第二局：21:06

第三局：06:20

第四局：23:13

第五局：14:13

第六局：11:13

14 轮征战排位

看了江西正邦队参加联赛各轮次后的排行榜，我们惊讶地发现：这支从红土地走出来的门球俱乐部球队，除了第一轮、第二轮、第七轮三个轮次外，其余十一个轮次均排名首位，尤其是联赛第十一轮主场战胜门坛劲旅胜利油田后，各队已经无法阻挡他们夺冠的脚步。第十二轮主场战胜大连队以后，提前两轮获得了首届中国门球联赛的冠军。

联赛第十四轮后排行榜

1. 江西正邦　32分
2. 临汾　24分（净胜局16）
3. 胜利油田　24分（净胜局8）
4. 安徽绿舒坦　24分（净胜局4）
5. 浙江横店　19分
6. 北京　13分（净胜局 −6）
7. 成都高新　13分（净胜局 −12）
8. 大连　06分

联赛第十三轮后排行榜

1. 江西正邦　31分
2. 临汾　23分
3. 胜利油田　21分（净胜局4）
4. 安徽绿舒坦　21分（净胜局0）
5. 浙江横店　19分
6. 北京　12分（净胜局 −6）
7. 成都高新　12分（净胜局 −12）
8. 大连　06分

联赛第十二轮后排行榜

1. 江西正邦　28分
2. 胜利油田　21分
3. 临汾　20分
4. 浙江横店　19分
5. 安徽绿舒坦　18分
6. 北京　12分
7. 成都高新　11分

8. 大连　05 分

联赛第十一轮后排行榜

1. 江西正邦　25 分
2. 胜利油田　18 分（净胜局 6）
3. 安徽绿舒坦　18 分（净胜局 -2）
4. 临汾　17 分
5. 浙江横店　16 分
6. 北京　12 分
7. 成都高新　11 分
8. 大连　05 分

联赛第十轮后排行榜

1. 江西正邦　22 分
2. 胜利油田　18 分
3. 临汾　17 分
4. 安徽绿舒坦　15 分
5. 浙江横店　13 分
6. 北京　12 分
7. 成都高新　08 分
8. 大连　05 分

联赛第九轮后排行榜

1. 江西正邦　19 分
2. 胜利油田　15 分
3. 临汾　14 分（净剩局 12）
4. 安徽绿舒坦　14 分（净剩局 -4）
5. 北京　12 分（净胜局 4）
6. 浙江横店　12 分（净胜局 -4）

7. 成都高新　8 分

8. 大连　5 分

联赛第八轮后排行榜

1. 江西正邦　13 分
2. 胜利油田　12 分
3. 安徽绿舒坦　11 分
4. 浙江横店　8 分
5. 临汾　8 分
6. 北京　8 分
7. 成都高新?　7 分
8. 大连　4 分

联赛第七轮后排行榜

1. 胜利油田　11 分
2. 江西正邦　10 分
3. 安徽绿舒坦　10 分
4. 浙江横店　8 分
5. 北京　7 分
6. 成都高新?　6 分
7. 临汾　5 分
8. 大连　4 分

联赛第六轮后排行榜

1. 江西正邦　10 分
2. 胜利油田　8 分
3. 北京　7 分
4. 安徽绿舒坦　7 分
5. 成都高新?　6 分

6. 浙江横店　5分

7. 临汾　4分

8. 大连　3分

联赛第五轮后排行榜

1. 江西正邦　13分

2. 胜利油田　8分

3. 临汾　7分

4. 北京　7分

5. 安徽绿舒坦　7分

6. 成都高新？ 6分

7. 浙江横店　5分

8. 大连　3分

联赛第四轮后排行榜

1. 江西正邦　10分

2. 北京　7分

3. 成都高新？ 6分

4. 浙江横店　5分

5. 胜利油田　5分

6. 临汾　4分

7. 安徽绿舒坦　4分

8. 大连　3分

联赛第三轮后排行榜

1. 江西正邦　7分

2. 成都高新？ 6分

3. 浙江横店　5分

4. 北京　4分

5. 临汾　4 分

6. 大连　3 分

7. 胜利油田　2 分

8. 安徽绿舒坦　1 分

联赛第二轮后排行榜

1. 成都高新　6 分（4-2 客场胜临汾，客场 4:2 胜胜利油田）

2. 江西正邦　4 分（3-3 客场平胜利油田，客场 5:1 胜大连）

3. 北京　4 分（5-1 主场胜安徽，主场 3:3 平浙江）

4. 浙江横店　4 分（4-2 客场胜大连，客场 3:3 平北京）

5. 临汾　3 分（2-4 主场输四川，主场 6:0 胜安徽）

6. 胜利油田　1 分（3-3 主场平江西正邦，主场 2:4 负四川）

7. 大连　0 分（2-4 主场输浙江，主场 1:5 负江西）

8. 安徽绿舒坦　0 分（1-5 客场输北京，客场 0:6 负临汾）

联赛第一轮后排行榜

1. 北京　3 分（5-1 主场胜安徽）

2. 四川　3 分（4-2 客场胜临汾）

3. 浙江　3 分（4-2 客场胜大连）

4. 江西正邦　1 分（3-3 客场平胜利油田）

5. 胜利油田　1 分（3-3 主场平江西正邦）

6. 山西临汾　0 分（2-4 主场输四川）

7. 大连　0 分（2-4 主场输浙江）

8. 安徽　0 分（1-5 客场输北京）

几场关键之战

2015 年 11 月 29 日，联赛第 13 轮结束当日，笔者在联赛 QQ

群发表观点：

黑马黑到底了，正邦创造了奇迹，称之为“红魔”并不为过，他们是中国门球界的凯泽斯劳滕。

江西正邦俱乐部第一次北上，连打四个客场，收获三胜一平共计 10 分，是一次成功之旅。

在第六轮客场负安徽绿舒坦、第七轮客场负浙江横店后，于第八轮、第九轮主场成功复仇，这两个主场打出了士气，打出了威风。

第十一轮主场迎战胜利油田，赢得了这场被称为联赛“天王山之战”的胜利，为最后成功登顶创造了极为有利的局面。

中国门球联赛从无到有，从 2015 年 9 月 6 日至 12 月 6 日，历时三个月，圆满落幕。

2015 年中国门球联赛涌现出来的“红魔——凯泽斯劳滕”江西正邦门球俱乐部一鸣惊人、笑傲江湖、名扬天下。

第四章

笔走龙蛇门球情

狂人八条

一　球置起始区

在进一门前，击球员将球放在起始区内击球，是设起始区的初衷。多年来，因为边线内沿外沿沾边压线等争议颇多。现规定，球放起始区，不许沾四面线，这是最简单的举措。虽有那么一点不近情理，但这实在是为击球员着想，为裁判减负，使大家心明眼亮。小小的一点改进，又不是胜败的关键，为什么不能自然简单一点呢？这也是想把一些容易引起歧义的东西回避，要的是简单，实用。

二　过门即有效

击球员将球放置起始区，击打自球使球整体一旦越过一门 7.5 厘米后即告过门有效，若自球出界则置于出界点外 10 厘米处，以界外球论处。过一门出界也算过门，如此，场上关于过门的概念就统一起来了，球理通，看得明白，减少了不必要的争议。它不同于国际规则的不限杆数，也有别于 09 附则一的特殊规定。为什么要这样定呢？这是折中的产物！是不得已而为之的暂时之计。什么时段过一门是根据场上形势而定，不应给予限制。限制则使门球韵味大减，使战术安排发生质的变化。门球在规定的时间内以分数决胜负，没必要对人家何时进场参战做出不合球理之规定。比如打仗吧，你我都有一个师，不能要求人家非要一个对一个、一团对一团跟你去拼。为什么要规定“过门即有效”呢？它可以有效地避免一些不良情况出现，如大力击球弹一门右内柱遥指二门甚至想捎过二门的技法。我还真见识过几位此技高人，也听网上说有此技爱好者（譬如苏凯）。我将此列为不良，是其技法不合门球内涵文化，球打破几个，门打弯几回都好说，但打到场内的服务（裁判）人员，击中场外人员造成危险就不好了。高雅且充满智慧韵味的门球不能“野蛮”也不能“粗鲁”哟！它还可使双方教练在一个对等的层面考虑战术安排，对症下药，因人因时因势而做出多变的反应，将技战术提高到一个新的阶段。

三　得分不封顶

在场上已满分的球号，可将球转至起始区，待下轮时再入场参赛，为得分不封顶。实行该条后，对于解决三轮不过门所带来的门球不好看问题大有好处。缺点是增加了记分表和记分牌的工作量。舍得吧，有舍有得，只要使门球更加好看，尝试一下新规亦未尝不可。至于为什么以满分后下轮再续进场这样考虑，而不是满分后迅速回起始区重过一门进场，主要是考虑队员体力，动静结合，有张有弛。门球不是一味进攻，也不是一直防守，亦不是约定俗成的老套，传统战法将面临新的洗牌。被众多教练们熟识的“一轮守，二轮攻，三轮四轮互相冲，五轮抢分，六轮定输赢”的模式将不再灵验，得分不封顶，是门球的一场革命。时至今日，众多赛事中对得分不封顶不敢使用，是受旧的规矩束缚太久，以至不太适应新的东西。

四 数量限双杆

每场比赛，双方各有两次行使双(多)杆球的权利。从第三次始，只有相应闪击权和一次续击权。

“使用”双杆与“造打”双杆不同。打成双杆后，如果在闪击时犯规，就没有取得续击权，只算“造打”了双杆，而不能说“使用”了双杆，所以附则二写的是“使用”，这样在计算双杆时，要以取得续击权为准，这就给计算双杆次数带来麻烦。第 5 条以后的计算双杆是以“造打”为标准，只要裁判员呼出双杆的口令，就算“造打”了一次双杆，不管你有没有使用，使用成功与否。

（1）为什么要限双？国际规则和国外同行们玩门球是不限双的。双杆是门球技战术的精华，是攻防转换的重要手段，它与闪带，一门留球及擦边（顶）合称门球场上四大看点，也是使门球之所以有魅力的基础所在。没有了双杆球的门球味道差多了。解决门球发展问题要综合系统考虑，万不可光盯着双杆不放而不去全方位下功夫研讨问题。关于“为什么要限双”的解释，可细化为：

①解决和缓解门球发展中的现实问题（一边倒）。

②吸引观众（看热闹）。

③好看好玩（有味道）。

④在国际规则大环境下有目的地限双（不独搞）。

（2）怎样限双？一段时间以来，关于限双仁者见仁，智者见智，说法颇多。关于怎样限双有网友归纳为“八种”，可能会有十几种甚至上百种。此间不再展开，大家尽可依照自己的构想去想往好了，没准你的想法会被门球人接受，会成为国家门球规则的条文或国际规则的蓝本。只要限双大前提成立，认为限双是可以的，怎样限的问题就好办了。

（3）2009附则2的优劣。

2009附2的初衷是好的，是想解决（1）中所列的四个问题。我想是由于时间的缘故，未很好展开研讨且未有实践检验的基础，以至从出台到此时，限双成了不想说，说不了，不说不行，说了也不行的尴尬局面。附则2是要改的，早改比晚改好！如果我们还要对门球的发展负责的话，就要把问题先想清楚再出东西。

（4）狂人36字限双办法，也可称为“数量限双杆”。具体表述为：每场比赛，双方各有两次行使双（多）杆球的权利。从第三次始，只有相应闪击权和一次续击权。

五 严格卡10秒

采用10秒计时器，逾10秒即判罚。此条不再展开，因不需展开。苏凯的“论十秒”和奇卢“执行10秒规则必由之路”文章，对严卡10秒说得很好，算是帮我完成了“狂人八条”关于10秒的阐述。

六 分差卡下场

实行上下半场制时，若上半场两队分差达13分及以上时，则

不再进行下半场比赛，直接判赢球方胜。（25 分封顶赛制时采用）

我们是搞门球的，规则及赛制及每个环节都应周密计划安排，确保项目逐步成熟。使赛程及赛事流畅有序，而提供科学严谨的规则是基础。

七 后攻方有利

场上平局需进行同分决胜时，判后攻方胜（即白方胜）。这亦是想使比赛更简洁。这条规定可能对现行的一些选攻或对一些球队习惯打法有所影响，但规定是对双方的，你既然选择了先攻，就要把规定时间内拿不下对方而打成规定的局面而付出代价。当然，一旦挑币中后选择后攻，你可能拿到一个好的果子，但先攻的机会就被对方拿走了。还有一个意思是：大型比赛观众多，场地多，时间要求严，采用此办法，可保证赛事有序进行。

八 单双有规矩

单（打）禁请教练。双（打）必须隔号。考虑在双打赛中，本队两人必须要隔号，这包括通过一门前的放弃。总之是“你方唱罢我登场”的局面，是平均力量的体现，是更有魅力的体现。

单人赛要充分体现个人的综合实力。凭你的智慧、技术、体能，展现你的才华。这是一个高度，是一种境界，亦能体现参赛者的追求，是门球的魅力之展现。

话门球

门球是什么？
它是
不分男女老幼同时参加的运动——
它是
舒心球
友谊球
幸福球
长寿球

它有
健身性
趣味性
娱乐性
群众性
福利性
社会性
国际性

它
高压轻松
从容不迫

千变万化
妙趣横生
以球会友
情趣万千
它
运动而有闲
用力而有节
快乐而不激
用心而不苦

它
集球类之大成
棋牌之精髓
高尔夫之雅趣
台球之潇洒
它
动静相间
强身怡神
张弛相宜
精妙有趣

它
有“苑”
有“刊”
有“世界”
有数百万“家”

它

无网栏隔

但不会冲撞

它

无篮可进

但进之有分

它

无将守门

但守门至上

它

无二传手

但需接传妙

它

个个是前锋门将

人人是二传主攻

它

是什么

它

是门球

上网潜水上浮始作

愚潜水数年，水底习作，终日与门球为伍，小康小安甚好。只因俺兄弟“逆向锤头”2009 年 8 月 16 日从保定带一帮球友来涿州切磋，回去后在网上将俺面目亮相，一周来，受百余跟帖，数千人查看，愚甚感不安，不得不浮出水面。

愚河北涿州人也，算是一个门球爱好者和管理者吧。涿州门球已开展了二十多年，每年都有举办全市比赛。前些年还连续承办过 10 年原保定地区（保定市）的比赛，举办过全国部分省市门球邀请赛，承办过河北省大企业门球赛和中日（河北省与山梨县）门球赛。现有门球场 39 块，门球爱好者 500 人，裁判队伍齐全，教练水平较高。但近些年来，运动水平及参加人员均不能令人满意，急需振奋发展。

一、谢网友。尤其谢浏览“门球狂人——刘会军”栏及跟帖的球友们。北京房山老李忠，离休老干部，80 岁高龄，70 多岁开始学电脑，也是网上跟帖第一个称我为“刘会军同志的”。老人家前些日子敲打出一本房山门球故事

的书，还邮寄我一本，我们是十多年的门球球友了。江西上饶铅山10岁小朋友苏东方，跟帖情真意切，图片生动活泼，话语幽默诙谐，10岁小孩，6年球龄，我想在全国也不多见。其父苏凯38岁，门球论坛风云人物。门球论坛，群星璀璨，可称为门球人的乐园。

二、谢打门球的年轻人。愚认为，门球要发展，要着眼于年轻人。目前阶段要着眼于单打，门球的生命和基础在于单打，只有单打水平提高才能提高团体。本人曾参加过三次全国少儿门球赛（当裁判），感到他们是中国门球的未来。本人所工作单位在20年前，曾有四支门球队，三块门球场，其中光离休干部门球队就两支，因为工作关系，我和他们一起玩了20年，现我的老球友们啊，有的已驾鹤西游，有的已去棋牌室玩了。球场还剩一块，因为打球的人少，被人家练秧歌、太极拳的大姐们占了。在我们涿州今年的全市比赛赛前预备会上，我屈指一算，竟有十个单位已派不出队来。门球状况在我们这里是这样，在别的地方怎么样呢？值得深思。如果门球大力发展单打，对体力、精力等身体全面素质绝对是一个考验。我的老师李洪斌，第一届全国门球比赛的裁判长，80岁啦。还有北京杨士田老师，门球权威，高级教练，我若和这两位战上几个回合，胜者肯定是我，年龄不饶人啊。打门球光有心没力不行，有力没技不行，有技没招不行。我多么羡慕那些年轻人啊，打出的球真是好看。门球老一辈们身上的宝贵财富不能带走，门球的年轻人们要虚心学习，还要开拓创新，我及我们这一辈肩上担子不轻啊。承上启下，继往开来，尤其是要关心和培养更多的中、青、少热爱门球，参与门球，把门球运动水平搞上去。当年，我们的乒乓球打不过日本，现在再给日本十年，他也干不过我们。门球日本人玩得好，我们应该有信心，像乒乓球一样超过他们。无论是竞技门球还是康乐门球，全面赶超日本应是我们这一代门球人的责任！我要谢打门球的年轻人们啊，竞技门球要靠你们了，康乐门球要靠我们这些人去发展。

三、谢广大的老年门球爱好者、工作者。门球场上和网上论坛灿烂群星中，老门球爱好者、工作者占有相当比例。他们在四分之一个世纪里撑着中国门球的天，因为有了他们，门球才在中国生根、生长、发展。朱德禄，河北人，是他把门球引进来的啊。石家庄的李洪斌、张文明等老师可是手把手把我从一个门球门外汉教成一个门球痴。廊坊王维亚、正定焦兰贵，这两个人把我带进门球国家级裁判行列。像北京的孙老、张老、闫老、姚老等，每次去北京我都从这些老前辈们身上学到好多东西。门球事业一定要做大，而这个基础就是老年康乐门球，让更多一些老年人走入门球场，享受门球给他们带来的乐趣，帮助他们从门球运动中得到更多有益于身心健康的东西。中国的老龄化已经到来，而且会有一个加快、加速的过程。要把老年人吸引过来，首先是要把已经喜爱门球的老年人留在门球场，要帮助他们、关爱他们，让他们像种子一样为中国门球作出贡献。

初次发帖，欢迎网友们多多指教。潜水上浮第一篇暂写到此。

知耻而后勇

孟子云：知耻而后勇。这是一种在遭受磨难与打击后，在困境面前，毫不气馁、决不后退、决不自暴自弃，而是奋发进取、迎难而上的精神状态。

人似乎在知耻后，才可能有卧薪尝胆的决心和勇气，否则就不能正确认识自己的不足而固步自封。

认识自己似乎是战胜自己的前提，不知己不知彼如何能取得胜利？很多时候我们都自认为很了解自己，忙碌中无暇倾听自己内心的声音，殊不知最容易被欺骗的恰恰是自己。我们总善于为自己编织很多自欺欺人的借口，披上很多自我保护的外衣，结果一阵纷乱之后被打倒的竟是自己。

没有无缘无故的失败，就像没有无缘无故的胜利一样。不要见不得失败，很多事物都是这样，有一个螺旋式上升、波浪式前进的过程。输了没关系，重要的是不服输。

所谓耻者，不足也。知不足而后勇，忍人所不能忍，为人所不能为。可成大勇。

秦穆公曾三败于晋，誓不服输，养精蓄锐，发愤图强，终败晋军，威震诸侯。

越王勾践被俘吴国，养马多年，卧薪尝胆，历尽磨难，终横扫吴国，成就霸业。

宋岳飞不忘“靖康之耻”，率军转战疆场，精忠报国，屡立汗功，名扬千古。

清蒲松龄曾屡试落第，受尽嘲笑，矢志不渝，励精图治，终著《聊斋》，世代留芳。

谈门球

门球是高尔夫球与台球的混血儿，不但规则简单、有趣，而且可以激发脑力、促进身心健康，是个老少皆宜的运动项目。

门球始于法国，当时称为槌球。13 世纪传到英国以后大为风行，后传入美国。1947 年 12 月，这项运动传入日本北海道，经过铃木和伸的改良和精简（如每队由 6 至 8 人改为 5 人，球门也由 6 个精简为 3 个），现代门球在日本成形，进而风靡日本。

中国门球运动始于 20 世纪 80 年代初。1983 年始，河北省同日本民间门球爱好者进行了多次交往，1984 年至 1986 年间派队赴日本东京及札幌参加了世界杯门球邀请赛、锦标赛，后在石家庄市举办了中日“樱花杯”门球赛。河北的李洪滨教授、张文明先生、焦兰贵教练，以及廊坊王维亚、唐山李泽干等人从 1983 年迄今，一直从事着门球活动，是中国门球发展的见证人。

1983 年 5 月，日本“门球使节团”来北京访问。

1983 年底，日本“门球爱好者”到上海访问交流，上海举办全国老年人门球邀请赛。

1984 年 10 月，北京老年体协举办门球表演赛。

1985 年，国家体委群体司委托上海老年体协举办“全国门球训练班”。

1985 年湖南和上海两地老年体协联合举办“沪湘杯”门球邀请赛。

1986 年，全国第一届门球比赛在河北省石家庄市举行。

为适应国内外门球发展，国家体委于 1987 年 8 月正式成立中国门球协会。

世界门球联合会于 1985 年成立。

中国门协于 1989 年 8 月正式参加世门联。

亚洲门球联合会于 1991 年成立。

中国门协于 1991 年 5 月 1 日正式加入亚门联。

中日门球交往，是先由民间开始的。安永森五郎和佐佐木秀利两位日本民间“门球友好使者”不光是河北门球人的朋友，也是中国门球人的朋友。他们以年高体弱之身，多次来华传授门球技术和经验体会，为中国门球运动的兴起、发展和两国人民之间的友谊做出了贡献。

漫谈七十岁

“古稀”，是七十高龄的说法。

它源于唐代大诗人杜甫《曲江二首》诗：“人生七十古来稀。”

后来到了明朝，著名书画家唐寅（唐伯虎）读了杜诗后，感慨自己已活过了“古稀”，便填了一首《七十词》：“人生七十古稀，我年七十为奇。前十年幼小，后十年衰老，中间止有五十年，一半又在夜里过了，算来止有二十五年在世，受尽多少奔波烦恼。”

千多年前的“古稀”老翁，确实稀少的很。到了明清时，人的寿命已长了很多，仍以名家为例，不仅感叹古稀的唐寅已超过古稀，他同时代的罗贯中（《三国演义》作者）、吴承恩（《西游记》作者）、冯梦龙（《喻世明言》《警世通言》《醒世恒言》“三言”作者）、郑板桥（书画名家）等，年龄均过古稀。到了现代，古稀者遍地皆是了！尤其是门球场上，70 岁及以上者占大多数。

“古稀”已不“稀”了。

老龄化社会

国际上通常把 60 岁以上的人口占总人口比例达到 10%，或 65 岁以上人口占总人口的比重达到 7% 作为国家或地区进入老龄化社会的标准。

根据国家统计局 2011 年 4 月 28 日发布的以 2010 年 11 月 1

日零时为标准时点的第六次全国人口普查的主要数据知：我国 60 岁及以上人口占 13.26%，其中 65 岁及以上人口占 8.87%，显然已经是老龄化社会了。

随着中国经济社会快速发展，人民生活水平逐年提高，医疗卫生保健事业也得到了巨大改善，生育率持续保持较低水平，老龄化进程逐步加快。资料显示，我国人口老龄化年均增长率高达 3.2%，约为总人口增长速度的 5 倍。预计 2020 年老年人口将达到 2.4 亿人，占总人口的 17.17%；到 2050 年，老年人口总量将超过 4 亿，老龄化水平将推进到 30% 以上。

目前，全世界 60 岁以上的老年人口总数已达 6 亿，有 60 多个国家的老年人口达到或超过人口总数的 10%，进入了人口老龄化社会行列。

老龄化来了，老年人增多，作为发展老年体育的有关部门，以 70 岁为上限的做法，既不顺应社会发展形势也不符合广大老年人的意愿。很多的国家的门球赛事活动基本上不限制年龄。

我的看法：

1. 全国老年门球赛可以允许每支球队允许有两位 70 岁以上队

员参赛。

2. 规定参赛人员年龄上限为 75 岁。

3. 放开年龄限制，不设上限。

三者任选其一，则门球之大幸也。

佩奇赛制研讨

门球的发展，要靠门球人不断地探索。门球在海外，被定位为休闲娱乐项目，他们的理念和赛制几十年不变。

门球引进我国后，亦是康乐为主。现参与主体发生了变化，我们应与时俱进，适应门球的发展需求。

这里，主要说一说佩奇制。因为从这几年的发展看，这个赛制正在被很多人看好并用于实践。

佩奇制

佩奇制是体育竞赛中的一种赛制，介于淘汰制和双败淘汰制之间。

该赛制于 1931 年首次被使用于澳大利亚维多利亚州足球联赛的决赛中，是由该联赛专员珀西·佩奇首先倡导使用的，因此而得名佩奇制。

最基本的佩奇制首先要求将参赛队按照循环赛或瑞士制的方式决出 1、2、3、4 名，然后在 1、2 名之间和 3、4 名之间分别进行比赛。3、4 名比赛的负方获得第四名。1、2 名比赛的负者与 3、4 名比赛的胜者之间再进行一次比赛，胜者与 1、2 名比赛的胜者再进行决赛，负者获得第三名。决赛胜方为冠军，负方为亚军。

从这种基本的佩奇制出发，现在又衍生出较为复杂的双佩奇制、分组佩奇制等多种方法。

佩奇制的优点在于使强队即使失手一次或数次，也有机会争夺冠军，同双败淘汰制类似，减少了比赛的偶然性。同时，佩奇制比双败淘汰制又减少了比赛场次。

分组佩奇制

2010 年“五一”，京南网友赛在北京丰台举行。

网友间的交流希望有一种好的赛制。经过比较，推出了预赛试行分组佩奇制。在灿烂、华油人、球球新人及数十位参赛网友的共同努力下，京南网友赛获得成功，其推出和使用的分组佩奇制受到好评。后来，该赛制在有关报刊作了介绍。此后，连续三年的京南网友赛预赛编组一直使用分组佩奇制。

方法：四个队编为一组，抽签定位 1、2、3、4 号。每组取小组第一出线。

对阵：

1.1—4

2.2—3

3.1—4 负队: 2—3 负队 再负者列小组第四名，胜者获争晋级资格。

4.1—4 胜队: 2—3 胜队 再胜者获争小组第一资格；负者与获争晋级资格者再战。

5. 再战　负者获小组第三 胜者获争小组第一资格。

6. 再战　负者小组二，胜者小组第一。

该赛制较之目前通用的小组循环赛制，孰优孰劣，一目了然也。此法操作简便，易懂好记，凭真本事，绝无假球。后来，由于中国门球网的作用，该赛制试用于 2012 井冈山和厦门网友赛。

分组佩奇双败制

分组佩奇双败制是在原分组佩奇制基础上可以再增加一场球。这个赛制，是目前解决门球预赛中放水和打假球以及减少赛会组织者和裁判劳动强度的比较好的赛制。

方法：四个队编为一组，抽签定位 1、2、3、4 号。每组取小组第一出线。

对阵：

第一场球　1—4

第二场球　2—3

第三场球　1—4 负队 ：2—3 负队 再负者列小组第四名。（胜者获第五场球资格）

第四场球　1—4 胜队 ：2—3 胜队 再胜者获争小组第一资格　（负者获第五场球资格）

第五场球　再战　负者获小组第三 胜者获争小组第一资格。

第六场球　决战　若第五场球的胜者负，则比赛结束，负者小组二，胜者小组第一。

（第七场球）（决战）若第四场球的胜者在第六场球中负，则进行该场比赛，负者列小组第二，胜者小组第一。

涿州—— 一张拿得出手的名片

——涿州市第八届运动会门球项目比赛侧记

涿州市是县级市，地理位置优越，辖区内中省市直单位很多，文化体育活动开展得比较普及，是河北省老年体育示范区。

涿州门球项目始于 1986 年，每年举办一次全市门球赛。

涿州门球鼎盛时期拥有 42 块门球场。

目前，拥有单位辖区内人造草坪场地八块，常年坚持活动的沙土地场地 17 块，合计 25 块门球场。

涿州市第八届运动会设置了 18 个大项、66 个小项，6000 余人参加。

参加涿州八运会门球项目比赛的球队有涿州乡镇及市直 7 支、驻涿石油物探 7 支、驻涿较大企事业单位社区 6 支，共计 20 支门球队、170 余人参加。年龄最大的是代表二康社区门球队参赛的 88 岁离休老干部孙业秀。

2017 年 9 月 27 日，在刁窝镇徐三村的四联片沙土地门球场，经过预赛 40 场、复决赛 12 场紧张激烈的比赛后，产生了本届运动会门球项目的前八名。

涿州市第八届运动会门球项目比赛成绩

第一名　东方物探

第二名　中铁 18 局一公司

第三名　开发区

第四名　平安一队

第五名　学园社区

第六名　泗各庄一队

第七名　凌云集团

第八名　泗各庄二队

9 月 27 日下午，闭幕发奖式在徐三村举行。

涿州门协主席刘会军主持了颁奖仪式。

涿州市第八届运动会组委会副主任、涿州文广新局局长王丽伟，涿州市第八届运动会门球项目组委会主任、涿州文广新局副局长王泽培，涿州市老年体协副主席赵桐，分别为获奖前八名颁奖并合影留念。

涿州电视台采编人员现场采访并制作了节目。

门球在涿州有为有位。32 年的项目开展和坚持，拥有保定市辖区内最多的门球场地，参与活动人口和领导重视程度处于保定市前列，是领头羊。

河北省老年体育示范区门球展示和交流、保定市老运会门球项目比赛、河北省大企业门球赛和早些年的中日“燕山杯”门球赛事活动等都先后在涿州举办。

坚持了 22 年之久的跨省市民间赛事“京南友谊杯”门球赛，

涿州以及驻涿州大单位是发起单位和积极参加者。

涿州的等级门球裁判员和教练员有几十位之多，拥有国家级教练员、国家级裁判员多名。

门球，是涿州引以自豪的群众健身项目。

门球，是涿州一张可以拿得出手的名片。

腊月二十三随笔

一不小心，玩了三十年门球，门球使我很快乐。

再过三十年（如果能再活三十年的话），我还会每天关注着门球，因为，我享受门球带来的快乐。

“门球狂人”，2009 年就被人这么叫了。这个网名是伴随着我的互联网经历开始的。

我自 2011 年 3 月 19 日加入中国门球网到今天，一共五年零 10 个月，共计 2125 天，在线时间 24406 小时，平均每天在线 11.485 小时。

干了些啥呢？发表主题帖 2712 个，日记 2056 篇，回帖 21649 个，还有一些管理方面的数据就不赘述了。

我因有“中国门球网”而狂，中国门球网因有“狂人”而精彩。

我这里说的“狂人”，不单指我一个人，是一批志同道合的门球人。

中国门球网和“门球狂人”，或者说“门球狂人”和中国门球网，已经是密不可分，浑然一体。

做自己喜欢做的事，把自己喜欢的事做好。我做了，做得还不错。

说实话，做中国门球网的总版主，不是一件轻松的事儿，唬人的头衔后面是大量的付出。

我习惯了，似乎也找到了感觉，我做了应该做的，不后悔。

而今的中国门球网，是中国体育界的佼佼者、NO.1。

学新规　谈体会

区　别

国际规则与我国规则（2011）不同之处有九条，具体如下：

1. 不允许使用斜面槌头。

2. 不允许放弃击球。

3. 不限制多人指挥。

4. 每场比赛个人满分为 5 分，全队满分为 25 分，并执行下列规定：

（1）当红队率先获得全队满分时，待白队下一号队员完成击球后，比赛结束。

（2）当白队率先获得全队满分时，比赛结束。

（3）当红队（或白队）击球员造成对方全队满分时，待该击球员完成击球后，比赛结束。

5. 同分决胜时，以通过一门方式决出胜负。

6. 自球通过一门时，碰撞一门后的球，自球移动有效，他球移动无效，须恢复原位；若自球碰撞他球并占据他球位置时，将他球优先恢复后，将自球摆放在与他球瞬间碰撞时的位置。

7. 每场比赛双杆球无次数限制。

8. 闪击犯规的处理：

（1）犯规发生在放球之前，自球放回撞击后的位置。

（2）犯规发生在闪击成功之后，自球放回原位。

9. 循环赛中，如四队同组时，计算名次方法的顺序为：

（1）胜场次数；（2）全阶段净胜分；（3）相互间胜负；（4）抽签。

平 分

门球现阶段基本上都是一场定胜负，出现了平分怎么办呢？

办法很多，多局制是最好的。

现阶段，为节约时间，比赛双方各派出一名队员（队长最好），一对一比赛过一门、过二门、（过三门）撞柱；若平，则由比赛双方再派出一名队员一对一；直到决出胜负。

门球实行“得分不封顶”的新规后，出现平局的机会很少。

得 分

“2011 新规”中有一条叫“得分不封顶”，此条引起人们热议，褒贬不一，狂人持褒的态度。

体育运动竞技比赛项目有一条规律：限时的比赛项目，如足球、篮球等都是鼓励多得分，并以得分多者获胜，得分绝不会封顶；限定分数的比赛项目，如乒乓球、排球、羽毛球等，在比赛时间上就不受限制。

2011 年前的国际门球规则，是既限定比赛时间（每场比赛时间半小时），又限定比赛分数（每个球满分 5 分，该球必须退出比赛。或是一个队满 25 分，则整场比赛结束），这样限定很不合理。

这样限定，在比赛中不可避免会造成比赛节奏慢，战术得不到充分发挥与应用。

“得分不封顶”的举措一经出台，立即得到许多网友的赞同。

狂人以为，“得分不封顶”将对门球的发展起到积极的推动作用，如果再有配套举措跟上，门球将会很好看。配套举措有分组佩奇制、多局决胜制、球员球队分级制等等。

限　三

限三，即每一名队员通过一门限制三轮次的“规矩”。从2011年9月起，“限三”不会有人再提起了，会有人怀念此条吗？可能会有，但不会多。

“限三”走了，更注重技术的新规来了。在新规出台后，过一门时你还能像过去一样一味地放弃吗？你放我不放，我捞够了分再回来与你“耗”，这很“爽”，比“限三”强多了。

限　双

门球的“限双”从出生始，争论一直有，直到有了2011新的版本。

依照国际门球规则（狂人称其为“康乐门球”规则），双杆一直无限制，只是2010年9月上海世锦赛期间，有关会议有了新提法，后被世界门联采纳，规定“双杆只在过二、三门同时产生”，中国门协在此基础上，提出“每场比赛每方只能使用两次双杆”，超过则不予承认。

国际的“不限”，国内的“限双”，未来的“无双”，我都喜欢！

如上三条若都能存在并能和谐处处，门球发展之大幸也！

闪 击

新规对闪击过程的三个阶段的处罚有了新的规定：

1. 闪击的全过程内出现犯规，自球一律拿出界外；

2. 他球：

（1）放球前，放回撞击后停止的位置；

（2）放球后，放球位置不动；

（3）闪击成功后，被闪击后停止的位置有效；

（4）反弹回来停止后与自球接触的，位置不变；

（5）放界外闪击的，放回撞击后停止的位置。

这个“一律”似乎简单武断了一点，但有利于执裁，可视为与“8秒、9秒、10秒、犯规”等同的“不得已而为之”之举，可以理解。

轮 次

打轮次（五轮制）用于老年人康乐型比赛，很实用。

每场不限时间，只打五轮（或其他数字）的规则，对于基层以“玩”为主的活动有意义。纵观涿州门球现状，大都呈下降趋势，老龄化制约了门球的发展。

怎么办？如何让这一批老年门球人在基层多活动、多锻炼，让康乐门球发展、昌盛起来，作为门球的管理者要动脑筋、想办法哦。

霸州赋

赋本是盛世的文学，它萌发于战国时期，蓬勃于汉唐时代。其形似散文，却有一种诗的韵律，兼有纵横之文的铺张扬厉与汉唐诗歌的情韵之美。赋的形式感非常鲜明：大都以四六字句为主，句式错落有致，着意追求骈偶，文辞华美厚重，音韵和谐协调，读起来自然朗朗上口，有一种雄大开阔的气派。

大凡入了赋中，再平凡的事物也会突然变得奇崛高尚起来，再渺小的存在也会立刻显示它强大的生命潜力。读罢《霸州赋》，感觉霸州似青铜铸就的一朵奇葩，如此端庄又妖娆地绽放在冀中平原上。

霸州本身就是一篇大赋，雄健而多娇，音韵铿锵，词句婉转。

霸州赋

康震　北京师范大学文学院教授

三关锁钥[①]，冀中机枢，序春秋乃肇五代，轮日月而越千年。屏拱京都，近得宫中圣泽；翼张津卫，先迎海外长风。

枰畴棋淀，俊薮侠窟。草桥古渡，辽宋争锋之对垒[②]；胜水荷芳，康干驻跸以题诗。曈日重辉，桑田沧海；霓虹乍放，海市蜃楼。骏领燕赵之健拔，位晋十强；鹰扬世界之尖新，图标万里。揽辔太行，放眸渤海；非惟霸气，何止英风！

钟灵之地，人杰出焉。原水泽之灵秀，融移徙之包容，兼边锋之果毅，得榷场之融通。剑胆琴心，文星炳耀；云龙风虎，武宿标辉。初有郝经、刘豹、邢行、杜英之属显于功；继而王遴、张恕、蔡欢、樊忠之伦名于世。至于宫廷群贤、津门八家[3]，煌煌赫赫，代有英华。信安朗月，曾鉴文丞相孤忠；齐会悲风，今怀魏将军遗恨[4]。玉笏堆床，锦纱护壁，郝惟讷尚书五部，崔廷绶鬼铁双膺。曰帝师，吴邦庆兴利除弊；称国础，边宝泉取义维新。文苑流芳，高步瀛之浩瀚；梨园焕彩，李少春之精绝。荆轲西献，韩信东屯，六郎北拒，二郝南使。生机与国运同频，命脉共天钧齐律。逸韵遗风，陶铸一方气概；丰功伟业，播扬千古风流。

抚今怀昔，澎湃激情。改革行而风雷动，宏措举而春潮生。禀天时，凭地利，聚人和，蓄发遥囊底蕴；明诚信，崇创新，重生态，弘扬时代精神。自强不息，以通灵达变，经世致用而敢为人先。继往开来，飙举长帆之迅；顺势崛起，玄观大吕之和。深化双向开放，壮大民营支撑，提升宜居环境，乃成发展格局；争创经济强市，建设文化名城，打造和谐霸州，是为奋进目标。于是沧海阔而波鳞跃，青天高而云翮抟。茂梧翥凤，冕旒加于遐荒；广择腾龙，融资汇于寰宇。三大板块牢筑鸿

基[5]，四大产业劲张鹏翼[6]。文风之盛，称翘楚于九州；异域所欣，得辐辏于四海。一时会天下方音于街衢，萃人间珍异于市肆。长技竞呈，欲解盖茨绮梦；雄财坐拥，应怀范蠡宏图。倡和谐兮国泰民安，谋发展兮日新月异。科教兴邦，社保济世，文明化俗，生态惠民。十大文化[7]，演绎益津风韵；四乡一镇[8]，繁荣世纪新春。谒禅寺，浴汤泉，休闲雅尚；赋诗词，调弦管，野趣新风。惊蛇飞鸟，画廊书院之华光；歌扇舞裳，城厢街村之剪影。小桥流水，不失田园景色；大厦摩云，更添都市风情。旧苑新区，望衡接宇；通衢闹市，车水马龙。逢盛世拟汉唐两朝，平添气象；图宏业融京津一体，待领风骚。煌煌乎百业咸振，焕焕然千载一兴！时维戊子，海晏河清。万众同赋，天地和声。探经索纬，岂尽豪情。

壮哉霸州，美哉斯城！

注：

①三关：据《辞海·三关》条，即淤口关、益津关、瓦桥关。淤口关在今霸州东信安镇，益津关在今霸州，瓦桥关在今雄县。

②辽宋争锋：宋初，州治移至益津关，州关同治，成为宋辽争战的主要战场，杨六郎镇守于此。明朝兵备副使王凤灵作诗赞曰："宋业偏安一分东，与图今已尽燕云，野旷沙平陵谷异，耕民犹说六将军。"现在益津关、界河均已不复存在。

③津门八家：清咸丰十年（公元1860年）前后，津西胜芳的一批大商家相继发达起来，而其中八大家处于领先地位。吉庆堂（又称立祥号）蔡家、留耕堂王家、承启堂王家、师竹堂王家、笃庆堂杨家、敬胜堂王家、聚兴堂张家、清太堂牛家，"八大家"家资富足，住宅讲究，建筑别具一格，在津门一带极具盛名。

④魏将军：指八路军抗日名将魏大光。1911年生，河北霸县（今

霸州）人。1939 年 4 月任八路军第 120 师独立 2 旅旅长。1939 年 8 月 26 日在霸县大宁口村北与日军遭遇，战斗中壮烈牺牲。叶剑英在《八路军军政杂志》上发表了《悼八路军魏旅长大光光荣殉国》的文章，称他是“为国家尽了大忠，为民族尽了大孝”。

⑤三大板块：霸州以西部的开发区，中部的胜芳协作区、东部的津港物流产业园区为平台，全力打造以新技术产业和先进制造业为主体，以现代服务业和高效都市农业为“两翼”的新型产业支撑体系。

⑥四大产业：霸州“十一五”规划中确立了以现代制造业、现代物流业、现代农牧业、现代旅游业作为与霸州产业基础相融合、与国内外市场相衔接的主导产业。

⑦十大文化：2006 年，为全面提升在京津冀都市圈的文化竞争力，霸州市启动了文化名城建设工程，大力开展了城市文化、农村文化、历史文化、精品文化、社区文化、校园文化、体育文化、企业文化、网络文化、旅游文化等十大文化建设。

⑧四乡一镇：2006 年霸州首届文化艺术节上，提出了“四乡一镇”文化品牌。“四乡”即温泉之乡、翰墨之乡、词赋之乡和戏曲之乡；“一镇”即胜芳古镇。

《霸州赋》全文刻于霸州市区中心华夏民间收藏馆馆前西北方向一块大巨石上。背面是上文，正面是范曾先生的几个大字。到霸州后可别忘了“到此一游”哦。

狂人聊球

门球狂人狂聊第三十届京南友谊杯。

一、雨雪之中晴朗天。2009 年 10 月 31 日，晴，艳阳高照。第三十届京南友谊杯如期在北京市房山区体育场举行。赛前一天蒙蒙小雨一直下到晚 12 点，赛后当天晚上提前到来的飞雪席卷华北，气温骤降，球场成银装素裹。在开幕式上，王维亚同志一句：今天天好，是因为我们参加京南友谊杯门球赛的人好！此语一出，笑暴全场。在轻松、愉快、和谐的氛围中，来自河北涿州、廊坊，天津和房山各地的计 21 支球队分男女两个组进行了比赛交流。来自重庆、山西及北京的网友观摩了比赛。

二、房山球场星灿烂。2009 年天津门球比赛的冠军天津石化、北戴河网友赛双打冠军之廊坊劲旅、驻河北涿州石油物探局焦家军及涿州门坛五虎上将、网坛大鳄杀鱼、胡杨及灿烂、出山虎、球球新人、日月星、震华北、津门六花一树等均云集房山。各路人马中以廊坊方面军最为抢眼，两辆大轿车载着五支球队。

三、开幕式上领导多。中国门球协会

领导张士雄、王维亚、邹慧心、潘永勋；《门球之苑》的张玉生、齐欣、郭玉平；天津大港门协、保定门协、廊坊门协及房山门协等地方门协诸多领导。

四、人造草坪很舒坦。房山门球场共有 8 块球场，其中四块是人造草坪。参赛队普遍反映雨后的龙胄二代人造草坪比较好用，球不跑偏，踩上去很舒坦。没打过草坪球场的涿州队员戏言：在这样好的草地上打不好球，对不起这么好的球场。

五、津门加盟京南圈。此次赛事原安排天津石化参加三支队（其中一支女队），最后来了四支半。在第三十届京南杯组联委会议上，正式做出决定：接纳天津（石化或某一两个区）加盟京南杯，参加以后举行的赛事活动。

六、房山门球有发展。房山门球在北京市门球发展中一直处于前列。他们提出了"普遍提高抓竞技，成绩面前超自己，门球发展抓典型，各项工作创一流"的目标。现全区有门球场 80 余块，球队 150 支以上，每年区政府固定向门协拨款 10 万元。在他们辖区，有一个洪寺村，修起了 7 块球场，发展了 10 支球队。房山门球正呈蓬勃发展之势。

七、涿州门球再练兵。涿州现有 34 块球场，均系沙土地，还没有一块人造草坪球场。此次来京南登人造草坪球场意在练兵，适应新场。涿州派出 3 支球队（1 支女队）。3 支球队成绩为：获女子组亚军、男子组亚军和第八名，基本完成任务。五虎上将派出四位，分在三个队中，均得到了锻炼。

八、门球之乡不简单。此次廊坊对赛事极为重视。王维亚、潘永勋亲率劲旅，战绩颇丰。成绩为：女子组冠军、男子组冠军。尤其是获冠的廊坊中青门球队，去年曾获河北省中冠赛分赛区第一名、昆明中冠赛亚军、内蒙中锦赛冠军。

历届中冠赛总决赛

第一届：2005 年 11 月 22—25 日

举办地：广州市

天然草坪（足球场）

第一名：中国石油体育协会

第二名：上海虹桥

第三名：河北唐山开滦唐家庄

第二届：2006 年 11 月 23—26 日

举办地：广州市

天然草坪（足球场）

第一名：重庆大足

第二名：河南南阳

第三名：深圳中级人民法院

第三届：2007 年 12 月 3—6 日

举办地：广州市

天然草坪（足球场）

第一名：河南南阳

第二名：齐鲁石化

第三名：山东邹平

第四届：2008 年 12 月 31 日—2009 年 1 月 3 日

举办地：云南昆明

天然草坪（足球场）

第一名：四川犍为

第二名：河北廊坊中青

第三名：江西南昌大学

第五届：2009 年 11 月 3—9 日

举办地：江西南昌市

人造草坪足球场上铺设的门球人造草坪（二皮脸）

第一名：黑龙江省哈尔滨市老龄办（金晚霞）

第二名：安徽省

第三名：黑龙江省大庆四中

第六届：2010 年 12 月 18—21 日

举办地：广东珠海市

大型体育场田径场跑道上铺设人造草坪

第一名：厦门初旭

第二名：山东菏泽

第三名：山东邹平

第七届：2011 年 11 月 26—30 日

举办地：广东深圳

大型体育场田径场跑道上铺设人造草坪

第一名：上海高东二队（跨省市组合）

第二名：广东郑二小学

第三名：天津塘沽

第八届：2012 年 10 月 17—23 日

举办地：河北省霸州

人造草坪专用门球场

第一名：驻保高校

第二名：湖南株洲

第三名：河北廊坊

第九届：2013 年 11 月 6—12 日

举办地：上海高东

天然草坪专用门球场

第一名：山西临汾

第二名：中国石油

第三名：高东二队

第十届：2014—2015 年度中国门球冠军总决赛

时间：2015 年 4 月 24—28 日

举办地：上海高东镇

参加球队：108 支

冠军：江苏滨海

亚军：上海高东

季军：昆明卷烟

第十一届：2015—2016 年度中国门球冠军总决赛

时间：2016 年 4 月 21—24 日

举办地：山东淄博恒台、高青、张店

参赛球队：28 个省市自治区 137 支队伍

冠军：安徽绿舒坦

亚军：深圳龙城

季军：山西昔阳

第十二届：德丰利达杯 2016 年中国门球冠军赛总决赛

时间：2016 年 11 月 2—7 日

举办地：湖北大冶市大雷山

122 支参赛队

冠军 北京房山

亚军 广东中山

季军 河北绿源